南極犬物語

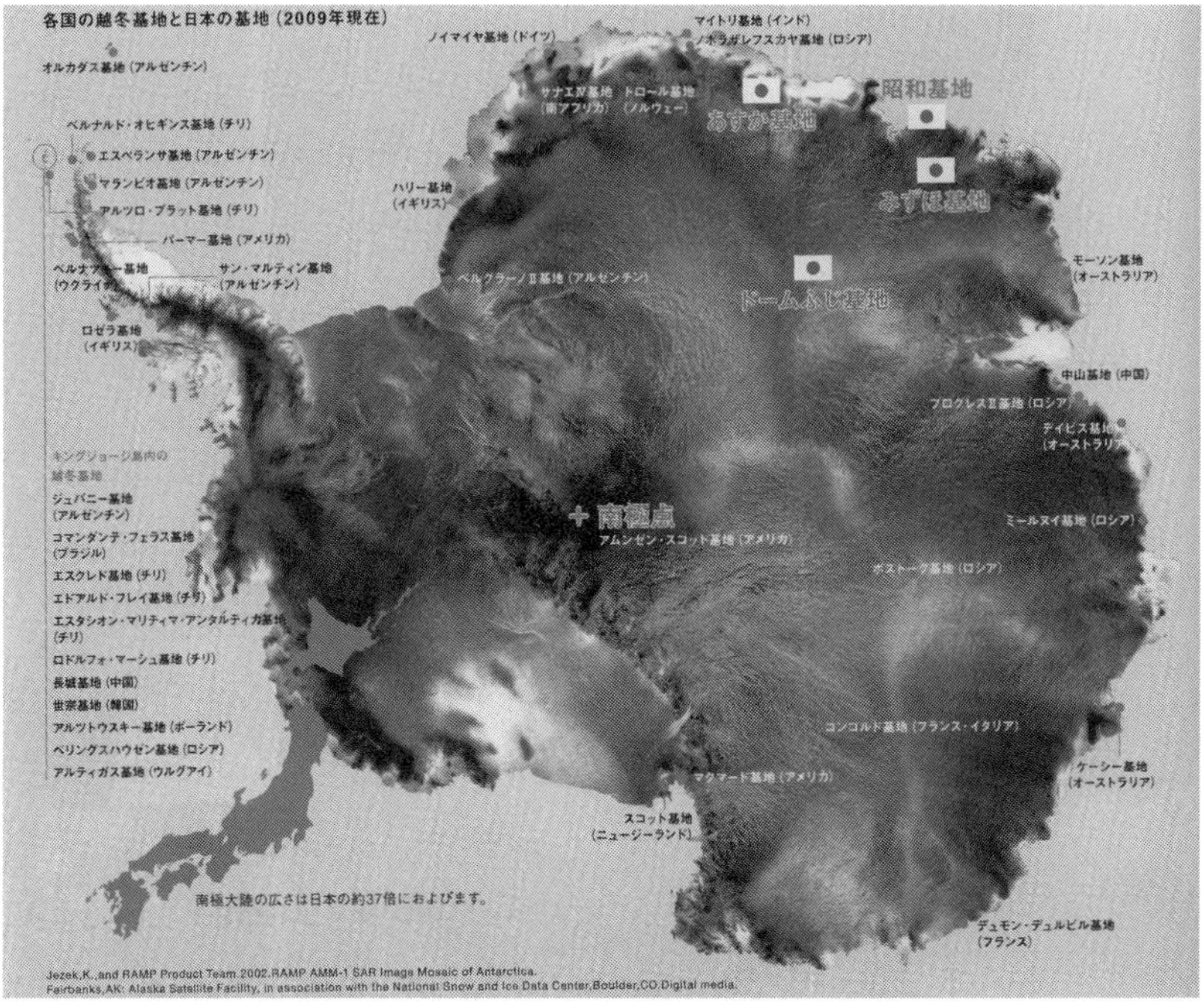

大学《だいがく》共同《きょうどう》利用《りよう》機関法人《きかんほうじん》　情報《じょうほう》・システム研究《けんきゅう》機構《きこう》
国立《こくりつ》極地《きょくち》研究所《けんきゅうじょ》「南極観測《なんきょくかんそく》」パンフレットより

南極まめ知識《ちしき》

南極大陸《なんきょくたいりく》は日本から約《やく》14,000キロメートルはなれています。

昭和基地《しょうわきち》と日本との時差《じさ》は約6時間あります。南極大陸には「南極条約《なんきょくじょうやく》」が定《さだ》められていて、国同士《どうし》が協力《きょうりょく》しあい、平和的《へいわてき》・科学的《かがくてき》な利用《りよう》と調査《ちょうさ》をしています。2019年には、54カ国がこの条約に加盟《かめい》しています。

もくじ

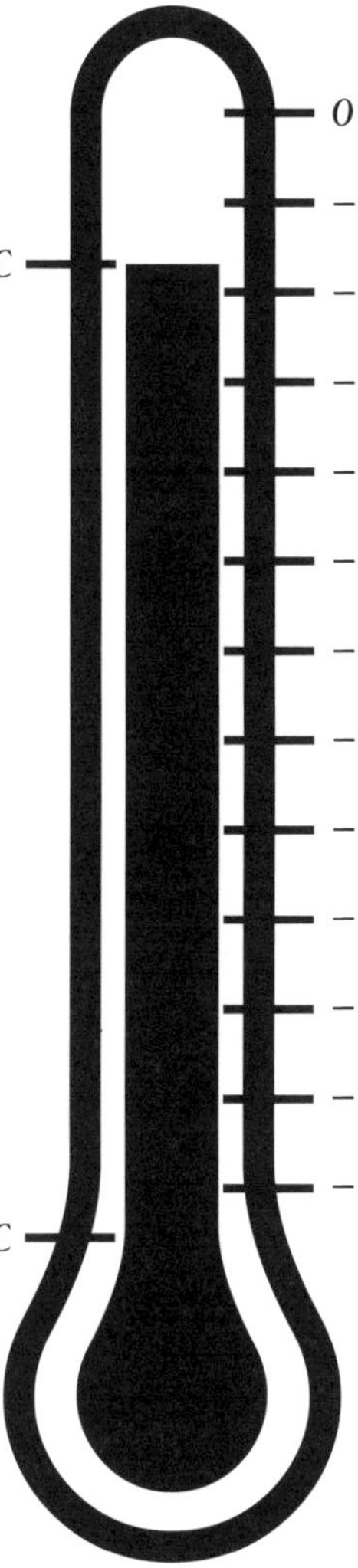

昭和《しょうわ》基地《きち》の年平均温度《ねんへいきんおんど》　−10.5℃

絶対零度《ぜったいれいど》　−273.15℃

南極まめ知識
絶対零度《ぜったいれいど》とは、物質《ぶっしつ》の温度《おんど》が下がる限界《げんかい》の温度。

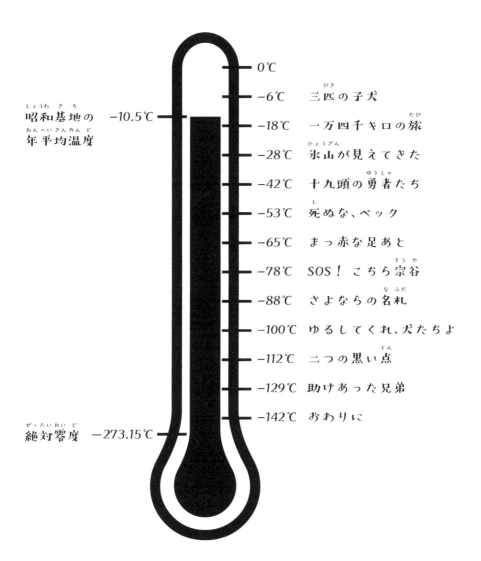

犬《いぬ》ゾリ隊《たい》紹《しょう》介《かい》

比布《ぴっぷ》のクマ
オス♂
Black
黒色

リキ
オス♂
Gray
灰色

紋別《もんべつ》のクマ
オス♂
Black
黒色

テツ
オス♂
Gray
灰色

ジャック
オス♂
a Black
and White
白と黒のぶち

アカ
オス♂
Gray
灰色

ポチ
オス♂
Brown
茶色

デリー
オス♂
Gray
灰色

ゴロ
オス♂
Black
黒色

風連《ふうれん》のクマ
オス♂
Black
黒色

ベック
オス♂
Brown
茶色

アンコ
オス♂
Brown
茶色

シロ子
メス♀
White
白色

クロ
オス♂
Black
黒色

タロ
オス♂
Black
黒色

モク
オス♂
Black
黒色

ジロ
オス♂
a Black and Brown
黒茶色

シロ
オス♂
White
白色

ペス
オス♂
Brown
茶色

①名前《なまえ》
②性別《せいべつ》♂♀
③毛色《けいろ》

三匹《びき》の子犬

いく日《にち》もつづいた雪の嵐《あらし》がようやくやんで、さい果《は》ての空に、うす日《び》がさしはじめました。

「さあ、いらっしゃい、いらっしゃい。きょうは鱈《たら》と毛ガニがな、とくべつに安くなってるよぉ」

ほっぺたをまっ赤にしたおばさんが、大きな声で呼《よ》びかけています。

ミャオー　ミャオー

ニャーニャー　ミャオー　ミャオー

空では、白い鳥たちが、猫《ねこ》とおなじような声をあげながら、群《む》れをなして飛《と》んでいます。カモメに似《に》た鳥は、ウミネコたちです。

一九五六年（昭和《しょうわ》三十一年）の二月はじめ――、この物語《ものがたり》は、北の国・北《ほっ》海道の、そのまた北のはずれ、野寒布岬をのぞむ稚内市《わっかないし》にはじまります。稚内市は、日本でいちばん北にある港町《みなとまち》です。

その港にほど近い魚市場《うおいちば》には、たくさんのお店がならび、カニやエビ、ニシンにホタテ貝《がい》など、いろいろな〝海の幸《さち》〟（海でとれるもの）が売られていました。

「いらっしゃい、さあ、いらっしゃい」

にぎやかなかけ声が、朝の魚市場にひびきます。魚市場のなかほどにあるお店の前で、ひとりの青年《せいねん》が、ダンボール箱《ばこ》のなかをのぞきこんでいます。

「うわーっ、かわいいなあ」

青年は、目をほそめました。その箱のなかには、生まれてまもない三匹《びき》の、まっ黒い子犬が入っていました。おなじお母さん犬から生まれた兄弟です。

「一匹《いっぴき》、三千円だよ。一年もすりゃあ、それはりっぱなカラフト犬《けん》になって、いっしょうけんめいに働《はたら》いてくれるよ」

お店のおばさんが、青年をながめていいました。昔《むかし》から北海道では、カラフト犬は、米屋《こめや》さんや魚屋さんなどで飼《か》われ、リヤカーやソリを引くための「働く犬」として知られています。ところが、ある家がお金にこまってしまったのです。

「お金になるものは、このさい、なんでも売らなければ、首《くび》をつってしまわにゃならん。かわいそうだが、この子犬たちもお金にかえるしかない」

こうして三匹の子犬は、魚市場で売られることになったのでした。

「よし、この子犬たちをゆずってください」

青年は三匹の子犬を、かわるがわるに抱《だ》きしめて、目をかがやかせました。

「まだ、生まれて一か月ぐらいだからね。名前がついていないんだよね。いい名前を、つけてやってくださいな」

にっこり笑《わら》って、おばさんが青年にたのみました。

ミャオー　ミャー　ミャー　ニャオー

魚市場の上を、ウミネコたちが飛びかっています。ダンボール箱を、だいじそうに抱《かか》えた青年は、空を見あげてつぶやきました。

「この子犬たちが、いまに……、きっと、あの南極《なんきょく》で活やくするぞ」

なんにも知らない子犬たちは、箱のなかでクゥ、クゥと、しきりに鼻《はな》をならしました。

地球《ちきゅう》の南極点《てん》をとりまいて、大きくひろがっている南極大陸《たいりく》は、一年じゅう雪と氷《こおり》におおわれています。気候《きこう》は、夏でも零度《れいど》をこえることはめったになく、気温《きおん》は、マイナス六十度まで下がることもある、地球でいちばん寒《さむ》いところです。

南極まめ知識《ちしき》

北極《ほっきょく》がほとんど氷におおわれた海であるのにくらべ、南極は南緯《なんい》90度の南極《なんきょく》点《てん》を中心に広がる、約1,388万平方《へいほう》キロメートルの大陸です。その面積《めんせき》は、世界の陸地《りくち》の10分の1にあたり、日本の面積の37倍《ばい》もあります。

二十世紀《せいき》（一九〇〇年代《ねんだい》）のはじめ、人類《じんるい》が足をふみ入れたことのないこの南極に、ノルウェーのロアール・アムンゼン、イギリスのロバート・スコット、そして日本の白瀬矗《しらせのぶ》といった人たちが、きびしい自然《しぜん》と闘《たたか》いながら探検《たんけん》をこころみました。

その後、世界《せかい》の国々《くにぐに》が力を合わせて南極の秘密《ひみつ》を調《しら》べようという動《うご》きがおこり、日本もその仲間《なかま》入りをすることが決《き》まったのは、一九五五年（昭和三十年）の春もはじめのことでした。そして、南極に観測隊《かんそくたい》を派遣《はけん》しようということになりました。

文部省《もんぶしょう》（いまの文部科学省《もんぶかがくしょう》）におかれた「南極観測本部《なんきょくかんそくほんぶ》」では、その準備《じゅんび》のために、いくども会議《かいぎ》が開《ひら》かれました。その会議の席《せき》で、

「カラフト犬《けん》を、ぜひとも南極に連《つ》れていきたい」

そういいだしたのは、第一次南極観測隊《だいいちじなんきょくかんそくたい》の副隊長《ふくたいちょう》に決まった西堀栄三郎《にしぼりえいざぶろう》

さんでした。

「なんだって!?　犬を連れていくなんて、それは時代《じだい》おくれもいいところだよ」

会議に出席《しゅっせき》していた人びとは、だれもがおどろいたまなざしで、西堀さんを見つめました。

「南極観測には、雪上車《せつじょうしゃ》をつかうのが、世界の常識《じょうしき》じゃないか」

そんな意見《いけん》がでました。雪上車というのは、雪や氷の上を、キャタピラーで走る車のことです。しかし、西堀さんは、めがねの奥《おく》の目を光らせて熱心《ねっしん》に説明《せつめい》しました。

「いや、アメリカやソ連《れん》の観測隊も、ハスキー犬《けん》やエスキモー犬《けん》などの犬ゾリ隊《たい》を連れていっています。それに、いまの日本の雪上車は、まだ完全《かんぜん》なものとはいえません。

南極にはクレバスと呼ばれる、深《ふか》い氷の割《わ》れ目や、パドルという氷の上の水たまりがあちこちにあって、雪上車だけで進《すす》むには、大変《たいへん》な困難《こんなん》がともないます」

会場がしーんとなって、西堀さんは、なおも熱心に説明します。

「そんなとき、犬ゾリなら安心《あんしん》して走りまわれます。どうか、カラフト犬を南極に連れていけるようにしてください」

西堀さんの熱意《ねつい》に動《うご》かされ、こうして南極観測隊で、犬ゾリをつかうことが認《みと》められたのです。

それからが、大変でした。寒さに強いカラフト犬をたくさん集《あつ》め、ソリを引けるように訓練《くんれん》をしなければなりません。

「北海道大学で、動物《どうぶつ》の研究《けんきゅう》をつづけておられる犬飼哲夫教授《いぬかいてつおきょうじゅ》が、日本でいちばんカラフト犬について詳《くわ》しい」

それを知った西堀さんは、第一次南極観測隊長《だいいちじなんきょくかんそくたいちょう》の永田武《ながたたけし》さんとともに、北海道大学をたずねました。

「訓練もしなければならないし、ともかく、急《いそ》がねばなりませんね」

犬飼教授は、カラフト犬を集めることに、協力《きょうりょく》を約束《やくそく》してくれました。そして、犬飼教授は、助手《じょしゅ》の青年といっしょに、北海道でも、カラフト犬がたくさんいるといわれる稚内《わっかない》にやってきました。

その助手の青年は、芳賀良一《はがりょういち》さん。あちこちを走りまわって、魚市場で売られていた三匹の子犬とめぐりあったのでした。

それから、一か月ほどがたちました。

一九五六年（昭和三十一年）の三月もおわり近く、稚内市のはずれにある

南極まめ知識

南極大陸は、「氷床《ひょうしょう》」と呼ばれる巨大《きょだい》な氷の層《そう》におおわれています。氷床は、何十万年にもわたって南極に降《ふ》り積《つ》もった雪が、押し固《かた》められてできています。その氷の厚《あつ》さは、平均《へいきん》すると1,856メートルもあります。南極大陸をおおっている氷床は、下の方にいくほど、古い年代《ねんだい》の雪からできた氷で、その中には数十万年前の空気や浮遊物《ふゆうぶつ》がふくまれています。

丘《おか》の上の公園に、三十八頭《とう》の犬たちが集まっていました。これから、このカラフト犬たちを、一人前のソリ引きにするために、猛訓練《もうくんれん》がはじまるのです。そして、この犬たちのほかに、芳賀さんが魚市場で見つけた三匹の子犬も仲間入りしていました。

芳賀さんは、この三匹に、からだの大きい順《じゅん》から「タロ」「ジロ」、そして「サブロ」と名づけました。しかし三匹は、まだまだチビ犬で、そこらをチョロチョロ走りまわるというかわいさでした。

タロ、ジロ、サブロの兄弟犬たちのほかは、体重《たいじゅう》が三十五キロから四十五キロほどもあるおとなの犬ばかりです。そのなかには、子グマほどの大きさがある犬もいました。

カラフト犬は、生まれつき寒さに強く、マイナス四十度ぐらいのときにも、平気で雪の上で眠《ねむ》ります。毛の色は、白、黒、茶色などさまざまで、二週間

くらい、なにも食べなくても、がんばれる強い力をもっているといわれています。

犬ゾリは一本のまっすぐな綱《つな》に、あいだをじゅうぶんあけながら、枝綱《えだづな》をなん本もつけます。その綱の先に犬をつないで、ソリを引かせるのです。

いよいよ、訓練がスタートです。

「トウ、トウ！」

これは「前進《ぜんしん》」の号令《ごうれい》です。「止まれ」は「ブライ」。それから「右に進め」は「カイ」で、「左へ進め」は「チョイ」です。この号令はその昔、ニヴフやアイヌなど、北の寒い地方に住《す》んでいた人びとがつかっていたことばです。

「トウ、トウ！」

「チョイ、チョイ！」

「ブライ！」

稚内の公園に、ちょっとゆかいな号令がひびいて、犬たちも、日がたつにつれて、気もちをあわせて、ソリを引けるようになりました。でも、生まれて三～四か月のタロ、ジロ、サブロは、この訓練には参加《さんか》できませんでした。

「おまえたち、がっかりするなよな。もうすこし、大きくならないとだめなんだよ、なあ、わかってくれるだろう」

観測隊の犬係《いぬがかり》にえらばれた菊池徹《きくちとおる》さんが、三匹の顔をなでながらいいました。

でも、それから三か月ほどがたった、七月はじめのこと。

腰《こし》の神経《しんけい》をいためたサブロは、北海道大学の動物病院《どうぶつびょういん》で手当てをうけていましたが、その命《いのち》は助《たす》かりませんでした。

そして、三十八頭《とう》のカラフト犬《けん》のなかで、南極に旅《たび》だてるのは、二十頭と決まりました。タロとジロは、南極にいけるのでしょうか。

一万四千キロの旅《たび》

一九五六年（昭和三十一年）十一月八日。

第一次南極観測隊が、いよいよ南極に出発《しゅっぱつ》する日がやってきました。

空には、新聞社のヘリコプターが飛びかい、東京湾《とうきょうわん》の晴海岸壁《はるみがんぺき》には、南《なん》極観測船《きょくかんそくせん》「宗谷《そうや》」を見送《みおく》る人びとが、一万人以上《いじょう》も集まりました。

一九四五年（昭和二十年）八月十五日、長く苦《くる》しかった戦争《せんそう》（第二次世界大戦《だいにじせかいたいせん》）がおわり、十一年がたって、日本は平和《へいわ》への道を歩きはじめていました。南極観測は、日本がようやく国際社会《こくさいしゃかい》への仲間入りをした、希望《きぼう》の明か

南極まめ知識

南極観測船「宗谷」は、長さ 83.285m、幅 15.80mあります。日本が戦時中《せんじちゅう》は海《かい》軍特務艦《ぐんとくむかん》として従軍《じゅうぐん》したり、海上保安庁《かいじょうほあんちょう》の灯台《とうだい》補給船《ほきゅうせん》として働《はたら》いたりしていました。

りのようなできごとだったのです。

午前十一時、岸《きし》につながれていた「宗谷」が、ゆっくりと動きだしました。港《みなと》のなかにいる船という船から、いっせいに汽笛《きてき》が鳴りひびき、五色《しき》のテープが舞《ま》い、バンザイの声が、嵐のようにわきおこりました。

「いってらっしゃい」

「留守《るす》を、たのんだぞぉ！」

「おとうさん、がんばってね」

「ワンちゃんたち、しっかりたのむわよぉ！」

たくさんの声が飛びかい、ぴんとはった五色のテープに、見送る人、見送られる人のあたたかい心がゆれてつたわりました。

「宗谷」には、五十三人の第一次南極観測隊員《だいいちじなんきょくかんそくたいいん》と、七十七人の乗組員《のりくみいん》（船

をうごかす人たち）、それに二十二頭のカラフト犬が乗《の》っていました。そのなかには、生まれて十か月になったタロとジロもいました。

タロとジロが、南極に派遣されたのは、なんといっても、その若《わか》さが、いずれ役《やく》に立つだろうと見こまれたからでした。

いや、「宗谷」に乗ったのは、ほかにもいます。航海《こうかい》の安全を願《ねが》って乗せることになった、めずらしいオスの三毛猫《みけねこ》が一匹。それから西堀副隊長がかわいがっていた二羽のカナリア。二十五の動物と、百三十人の人間が、気もちをひとつにして、雪と氷の南極をめざして、一万四千キロの海の旅路《たびじ》についたのです。

犬たちは、第三船倉《だいさんせんそう》とよばれる、船の底《そこ》に近いところにある、犬小屋《いぬごや》に入れられました。これから、二か月もの長い船の旅がつづくことを、タロもジロも知りませんでした。

南極まめ知識

猫の名前は「たけし」といい、第一次南極観測隊《だいいちじなんきょくかんそくたい》の永田武隊長《ながたたけしたいちょう》の下の名前からとって「たけし」になったといわれています。

オスの三毛猫は、生まれる確率《かくりつ》がとても低《ひく》く大変《たいへん》めずらしいので、古《ふる》くから航海《こうかい》の守《まも》り神《がみ》として大切《たいせつ》にされていました。

東京湾を出てから五日目。

犬当番が決まりました。犬係の菊池、北村《きたむら》、小林《こばやし》の三隊員のほかに、隊員ぜんたいが、毎日三人ずつ、交代《こうたい》で犬の世話《せわ》をすることになったのです。

この犬たちの世話で大変だったのは、一日に一度、運動《うんどう》をさせなければならないことでした。

船の底に近いところにある犬小屋から、一頭ずつ引っぱりだし、船の上にあるデッキ（甲板《かんぱん》）と呼《よ》ばれる場所で思いっきり遊《あそ》ばせるのです。

ところが、デッキにでた途端《とたん》、犬たちは、それはものすごいいきおいで、おしっこをします。カラフト犬《けん》は、じぶんの住んでいる部屋《へや》では、ぜったいにおもらしをするようなことはありません。

海があれて、船が右に左に大きくゆれるときは、犬たちは、二日も三日もデッキにでられません。それでも、カラフト犬《けん》たちは、じっとおしっこをがまんするのです。

その日の夕がた、菊池隊員がタロとジロをデッキに連れだそうとしました。

「こら！　タロ、がまんだ、がまんだ！」

デッキにのぼる階段《かいだん》のとちゅうで、タロは、もうがまんの限界《げんかい》でした。

ジャー　ジャーッ　ジャーッ
タロは、菊池隊員の右足をめがけて、おしっこをかけました。すると、こんどはジロが、待《ま》ってましたといわんばかりに、ジャー、ジャーッ。おまけに、まるいウンチが、ころころっと、階段をころがっていきました。だから、その後始末《あとしまつ》も大変。

東京港をあとにしてから、十五日目。

「宗谷」は、ぐんぐんと船足《ふなあし》を早め、十一月二十三日、マレー半島《はんとう》のシンガポールに碇《いかり》をおろしました。水や食べもの、船の燃料《ねんりょう》を買って、船に積《つ》みこむためです。

そして、「宗谷」は、インド洋《よう》を南《みなみ》へ進み、つぎにとまる港、アフリカのケープタウンをめざします。


見わたすかぎり、まっ青な空。水平線《すいへいせん》のかなたに入道雲《にゅうどうぐも》が見えるだけです。

「宗谷」は、地球を北半球《きたはんきゅう》と南半球《みなみはんきゅう》とにわける赤道《せきどう》にさしかかりました。

気温は四十度近くになり、風とおしの悪《わる》い船内は、サウナにいるような暑《あつ》さ。ふいてもふいても、汗《あせ》がふきだしてきます。

「いやあ、頭がへんになりそうだ。どれ、別荘《べっそう》ですずませてもらおうか」

隊員や乗組員たちは、つぎつぎと船底《せんてい》にむかいます。別荘というのは、犬小屋のことです。寒さに強いカラフト犬《けん》は、暑さには弱いため、犬小屋には特別《とくべつ》に、冷房装置《れいぼうそうち》（クーラー）がついていました。そのころ、冷房装置は、とてもめずらしいものでした。

「あーあ、犬に生まれてくれればよかったな」

隊員たちが、思わずつぶやきました。でも犬たちは、知らん顔をして、それは気もちよさそうに目をつぶっています。

十二月十九日。

「宗谷」は、アフリカのいちばん南の端《はし》にある、ケープタウンに入港《にゅうこう》しました。そして水や野菜《やさい》、肉などを買い入れると、船はふたたび碇をあげました。

魚市場で見つけられたタロとジロは、「宗谷」のなかで、みんなの人気ものとなりました。

ジロは、とても人なつっこい性格《せいかく》で、ほかの犬たちとも、うまくつきあいます。ところがタロは、むっつり屋さんで、いつもモサッとした顔をしています。だからときどき、他《ほか》の犬にからかわれたりしましたが、そんなときは、弟のジロが、タロに味方《みかた》をしてくれました。

十二月三十日。

「宗谷」は、海の男たちがおそれている〝魔《ま》の海〟と呼ばれる暴風圏《ぼうふうけん》に近づいていました。暴風圏というのは、いつも嵐があれくるっている地帯《ちたい》のことです。

「むかしから、人間を南極によせつけなかった〝魔の海〟だ。なんとしても、ここをのりきらなければならない」

永田隊長が、「宗谷」の松本《まつもと》船長に、少しきびしい顔になっていいました。船は、しだいに大きくゆれはじめました。おそいかかる波《なみ》の高さは、十メートルをこえています。犬小屋もはげしくゆれます。そんななかで、タロとジロだけは、なぜか楽しそうにとっくみあっては、ころころところがっていました。

新しい年があけて、一九五七年（昭和三十二年）一月二日。

「暴風圏突入《とつにゅう》！　ぜんいん、配置《はいち》につけぇ!!」

松本船長のきんちょうした声が、船内にあるスピーカーからひびきわたりました。船はおそいかかる大波《おおなみ》に、木《こ》の葉《は》のようにゆれます。ミシ、ミシミシッと、船がきしむぶきみな音が、隊長や乗組員たちの足の下からつたわってきます。

「ひゃ〜っ、大波にもち上げられているぞ！」

船尾《せんび》（船の後ろ）がもち上がりスクリューが宙《ちゅう》にういて、カラカラとから回りをしています。

「じ、じごくの音だ！」

隊員たちはなすすべもなく、まっ青な顔をして、ベッドや柱《はしら》にしがみついているのが、せいいっぱいです。

（そうだ……、犬たちはだいじょうぶだろうか）

床《ゆか》をはうようにして、菊池隊員が、船底の近くにある犬小屋に、やっとのことでたどりつきました。

「おい、みんな、がんばれよ！」

犬たちは、右へすべり、左へすべり、壁《かべ》にからだをぶつけながら、それでも、四本の足をしっかりつっぱって、懸命《けんめい》にふんばっています。

「タロ、がんばれ！　ジロ、がんばれ、がんばるんだ!!」

そう声をかける菊池隊員の瞳《ひとみ》に、あついものがこみあげてきました。

氷山《ひょうざん》が見えてきた

「宗谷」は、それから三日間、怪物《かいぶつ》のような暴風《ぼうふう》の中で、もまれにもまれました。

やがて、風はしだいにおさまり、海は、うそのように静《しず》かになりました。ついに、〝魔の海〟を通りすぎたのです。

がんばりとおした犬たちは、さすがに疲《つか》れきっていましたが、ひさしぶりにデッキにでられて、ほっとした顔をしています。

タロとジロの兄弟は、ちょうど一才になりました。まっ黒い毛につやつやとつつまれ、りっぱなカラフト犬になりました。人間の年でいえば、十五才くらいの若者《わかもの》です。

「いやあ、見ちがえるように大きくなったな」

子グマぐらいに成長《せいちょう》したタロとジロに、西堀副隊長が、まぶしそうな目をむけました。

(きみたちも、ようやくオレたちの仲間入りができるな)

犬《いぬ》たちの中で、〝王者《おうじゃ》〟のような風格《ふうかく》のあるリキ(六才)が、タロとジロを、そんな目でながめています。

日本を出発して、二か月がたとうとしています。隊員たちの中には、はじめは犬がきらいな人もいました。でも、交代で世話をしているうちに、だんだん犬たちがかわいくなってきたのです。南極でいっしょに仕事《しごと》をするおなじ仲間として、友だちのようなきずなが生まれるようになったのでした。

一月六日、空は明るく晴れわたっていました。

「あっ、氷山《ひょうざん》だ、氷山が見えてきたぞ！」

海に、じっと目をむけていた甲板員《こうはんいん》が、とつぜん大きな声でさけびました。

「うわーっ、きれいだなあ」

まっ青な空をバックに、まっ白な氷山が、くっきりとうかんでいます。デッキにとびだした隊員たちは、その美しさに、しばらく心をうばわれました。

それは、高さが約《やく》五十メートルもある氷山でした。いや、南極をとりまく海には、大きいものだと、まわりが百キロメートル、厚《あつ》さが八百メートル、海面《かいめん》から顔をだしている部分《ぶぶん》だけでも、九十メートルもの高さがある氷山もあるのです。


一月《がつ》のなかば、「宗谷」は、浮氷域《ふひょういき》に突入しました。浮氷域というのは、海の一面《いちめん》に、たくさんの流氷《りゅうひょう》がうかんでいるところです。「宗谷」のゆく手

南極まめ知識

南極大陸をおおっている氷河《ひょうが》は、海の上に平《たい》らに広がりながら凍《こお》ります。それを棚氷《たなごおり》とよびます。南極の海岸線《かいがんせん》（海と陸地《りくち》の境界《きょうかい》）の約44パーセントが棚氷になっていて、ときに棚氷から大きな氷の塊《かたまり》が切り離《はな》され、海にうかびます。これが氷山《ひょうざん》とよばれるものです。

をはばむ流氷は、どんどん多くなってきました。一面の氷の海です。その氷の厚さは、一メートル以上もあります。

「宗谷」は、氷を割ったり、砕《くだ》いたりして進むことのできる砕氷船《さいひょうせん》ですが、ゆくての氷が厚いときには、さがってはぶつかり、またさがってはぶつかり、のくりかえしで進みます。

しかし海にうかんだ氷の群れは、南に向《む》かうほどびっしりと重《かさ》なりあい、なかなか思ったとおりには進めません。そのたびに「宗谷」は、向きをかえました。

（あと六十キロほどで、いよいよ南極だ。もう少しだ、もう少しだ）

隊員たち、一人ひとりの胸《むね》が高なりました。「宗谷」は、ゆっくり、ゆっくりと、カメが歩くように進みました。

「おーい、山だ、山が見えるぞ！」

ついに南極大陸がそのすがたを見せたのは、一月十九日のこと。東京港を出航《しゅっこう》してから、七十二日目のことでした。

みんながデッキの上に集まりました。カラフト犬《けん》たちも、氷の山を見つめました。

ウーッ　ワンワンワンッ

デッキの前のほうで、ジロが興奮《こうふん》したようすでほえました。

「ジロ、どうしたんだ⁉」

犬係の菊池隊員が、デッキから下を見ると、氷の割れ目から、二頭のアザラシが顔をだしていました。ほかにも船のすぐそばで、三羽のアデリーペンギンが、泳《およ》ぎまわっていました。

「ジロ、とうとう南極にやってきたぞ」

菊池隊員には、アザラシやペンギンが〝よく、ここまでやってきたね〟と、歓迎《かんげい》してくれているように見えました。

日本の第一次南極観測隊は、南極大陸の玄関《げんかん》にたどりついたのです。

けれど、それからが大変でした。びっしりとはりつめた氷の海にむかって、「宗谷」は苦心《くしん》の前進をつづけました。けれども、三日間でわずか六キロくらいしか進むことができませんでした。

一月二十四日――、昼すぎのことです。

ガガーン　ビシーン　ドドーン

とつぜん、ものすごい音がして、「宗谷」は大きな流氷にぶつかり、動けなくなってしまいました。

「これ以上は、もうむりだ……」

氷の海を見つめながら、松本船長が残念《ざんねん》そうに腕《うで》をくみました。「宗谷」は、ありったけの力をふりしぼり、いきつけるかぎりのところまでたどりついたのです。

「宗谷」は、しかたなく碇をおろしました。ヘリコプターが飛びたって、南極のようすを調べにいきました。

「やはり、オングル島《とう》に基地《きち》をおくのが、いちばん安全《あんぜん》ではないだろうか」

永田隊長と西堀副隊長が話《はな》しあって、そこを基地とすることが決まりました。

南極大陸の北に、リュツォホルム湾《わん》があり、オングル島はそこにうかぶ小さな島《しま》です。

さっそく「宗谷」から、たくさんの荷物《にもつ》をおろす作業《さぎょう》がはじまりました。

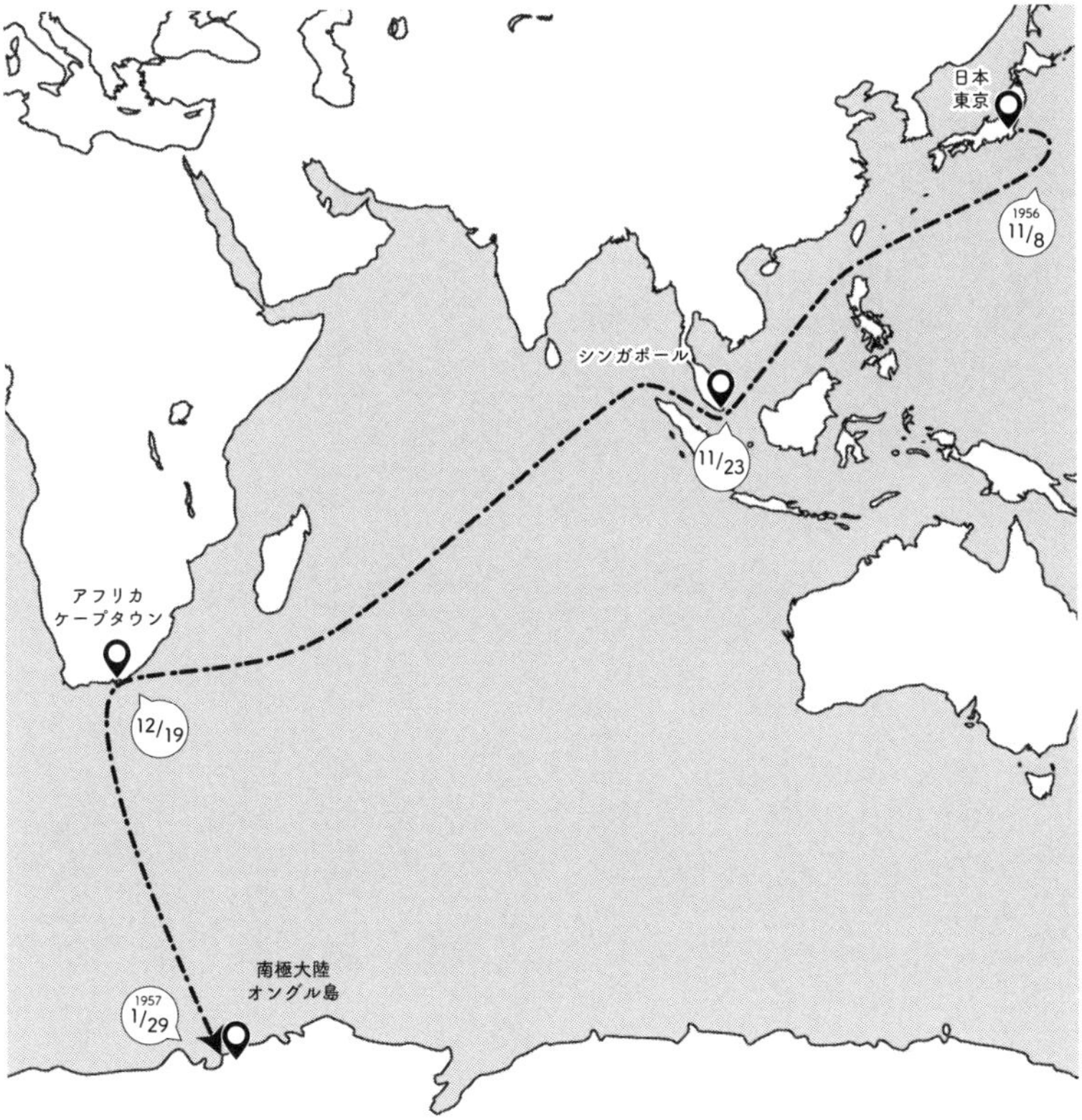

第一次南極観測隊を乗せた「宗谷」がとおった航路《こうろ》

「宗谷」からおろした荷物を雪上車ではこぶ

一九五七年（昭和三十二年）一月二十九日――、永田隊長、西堀副隊長をはじめ、観測隊の隊員が二十人ほど、雪上車でオングル島に上陸しました。

「ここオングル島を、日本の南極観測の出《しゅっ》発点《ぱってん》とし、昭和基地《しょうわきち》と名づけます」

午後《ごご》八時十七分、永田隊長が宣言《せんげん》し、ばんざい、ばんざいの声がひびき、日の丸の旗《はた》がかかげられました。日本の観測隊が、南極大陸に第一歩をしるしたのです。

「宗谷」とペンギン

そして、雪上車で建《た》てものをつくる材料《ざいりょう》や食べもの、発電《はつでん》や通信《つうしん》のための機械《きかい》が、昭和基地まではこばれました。

「トウ、トウ！」

カラフト犬たちも、ソリを引いて、懸命《けんめい》に荷物をはこびます。犬たちは、二か月もの長いあいだ、窮屈《きゅうくつ》な船のなかにいたので、氷の上を走ることができて、嬉《うれ》しくてたまらないようすでした。

南極の二月といえば、もう秋です。日ぐれは早く、暗《くら》くて長い夜がつづきます。だから、隊員たちは休むひまもなく、重い荷物を、汗だくになってはこびました。

三日めには、いよいよ基地の建設《けんせつ》がはじまりました。

カンカン　トントン　カンカン

昼となく夜となく、建てものをつくるつち音（ハンマーでたたく音）が、南極の空にひびいて、はたらく隊員たちの顔は、みるみるうちに日焼《ひや》けしました。

ワンワン　ワン　ワンワン

タロとジロは、ときどきじゃれあいながら、夕やみの中を走りまわっていました。

南極の秋も、一日、一日と深まっていきます。

もうすぐ、海が氷にうまって、船は、びくとも動かなくなってしまいます。

南極まめ知識

左の写真《しゃしん》のような最初《さいしょ》に建設《けんせつ》された建物《たてもの》は、雪にうもれてしまう問題《もんだい》があり、雪をとり除《のぞ》くのがとても大変《たいへん》です。現在《げんざい》の昭和基地や各国《かっこく》の基地では建物と地面がはなれている「高床式《たかゆかしき》」の建物が多く建てられています。

建設中《けんせつちゅう》↑

完成《かんせい》した「昭和基地」↓

「宗谷」が、日本へ帰る日がせまってきました。

昭和基地には、五十三人の隊員のなかから選《えら》ばれた十一人の越冬隊《えっとうたい》、そして十九頭のカラフト犬たちがのこり、南極で冬を越《こ》すのです。西堀副隊長は、越冬隊長に選ばれました。

一九五七年（昭和三十二年）二月十五日。

「宗谷」は、碇をあげました。

「元気で、がんばれよ〜」

「気をつけて、帰れよ〜」

「みんなに、よろしくな〜」

帰る人と、のこる人の声が呼びあうなかを、「宗谷」は、静かに動きはじめました。

その動きだした船のデッキで、三頭の犬が、しきりにほえていています。南極にくる途中、船の階段から落《お》ちて、大けがをしたミネと、老犬《ろうけん》のトム、病気《びょうき》がちのモクの三頭は、日本にかえされることになったのです。

（みんなといっしょに、南極にのこりたいよぉ）

三頭は、くやしくてならないようすです。南極の空に汽笛をふるわせて、「宗谷」は、だんだん小さくなっていきました。「宗谷」にふたたびあえるのは、一年後です。

ウォォーン　アウー……ン　ワンワン

氷の上を走ってはとまり、また走ると、タロとジロは、水平線《すいへいせん》に消《き》えていく「宗谷」にむかって、ほえつづけました。

「さあ、帰ろうか」

めがねの奥《おく》の目をしばたたかせて、西堀越冬隊長が、隊員たちにいいました。その瞬間《しゅんかん》から、十一人の隊員と十九頭の犬たちは、運命《うんめい》をともにして、生きていくことになったのです。

十九頭の勇者《ゆうしゃ》たち

越冬隊員《えっとうたいいん》がくらす家もでき、あかあかと電灯《でんとう》がともりました。発電機《はつでんき》がゴーゴー、ウォーンと音をたてて、電気をつくるのです。あと四、五日もすれば、基地の建設もおわりそうです。

「おーい、風呂《ふろ》が完成《かんせい》したぞ」

夕食のあと、機械係《きかいがかり》の大塚《おおつか》隊員が、目をかがやかせました。いままではめずらしい木でつくった木製《もくせい》のお風呂です。パイプから出てくるお湯《ゆ》に、だれもが「ああ、いい湯だな」と、それはありがたく思いました。このお風呂は

南極まめ知識

日本の南極観測の拠点《きょてん》「昭和基地」は、当初わずか４棟《とう》という規模《きぼ》からはじまりました。それから50年以上たった現在《げんざい》では、60を超える棟があり、オングル島内《とうない》には観測《かんそく》や通信用《つうしんよう》アンテナがあちこちに立っていて、たくさんの雪上車《せつじょうしゃ》や作業用車両《さぎょうようしゃりょう》があり、ひとつの村ともいえるまでに発展《はってん》しています。

「昭和基地温泉《しょうわきちおんせん》」と名づけられました。

犬係の菊池隊員は、苦労《くろう》をしながら、日本からもってきた犬のおりをつなぎあわせて、十九頭が入れる犬小屋をつくりあげました。

ところが、苦労して作った家なのに、犬たちは、いっこうに入ろうとしません。カラフト犬たちは、雪や氷の上ですごすのが好《す》きなのです。どんなに寒い夜でも、雪の上で眠ったって、平気なのです。

夜がどんどん長くなり、気温は、マイナス三十度近くです。南極の秋は、どんどん深まっていきました。

朝から、ものすごいブリザードの日です。ブリザードというのは、南極地方に吹《ふ》く雪嵐《ゆきあらし》のことです。菊池隊員と北村隊員は、風よけのジャンパーを着《き》て、外にとびだしました。一日一回、犬たちにご飯《はん》をあげるためです。犬た

南極まめ知識

日本の南極観測は、1957年に開設《かいせつ》して以来《いらい》、いまも昭和基地を中心に観測《かんそく》・調査《ちょうさ》が行われ、地球環境《ちきゅうかんきょう》を知る上で、大きな役割《やくわり》を果たしています。

のちに、ほかの場所にも基地《きち》がたてられ、現在では「みずほ基地」、「あすか基地」、「ドームふじ基地」があります。

ちは、うなり声をあげるブリザードの中で、半分雪にうずもれています。

でも、人のけはいを感じると、いっせいにおき上がってほえたてます。

「おお、おまえはベックか、無事《ぶじ》だったか」

「おお、タロとジロだな。おまえたちは、なかよし兄弟だな」

タロとジロは、もうご飯が待ちきれません。

「こらっ、そんなにガツガツするなよ」

菊池隊員と北村隊員は、ドッグフードとドッグミールを、一頭ずつにあたえます。ブリザードでご飯がふき飛ばされないように、一頭、一頭の口の中に、少しずつ入れてまわらなければなりません。それだけで、一時間はかかってしまいますが、かわいい犬たちのために、ふたりの隊員は、寒さをわすれて食事《しょくじ》をあたえました。

南極まめ知識
1983年7月に、ソ連《れん》(当時《とうじ》)のヴォストーク基地で、マイナス89.2度《ど》を記録《きろく》しました。これが、地球上で観測《かんそく》された最低気温《さいていきおん》になっています。また、ブリザードと呼《よ》ばれる雪と氷をまじえた嵐《あらし》が吹《ふ》き荒《あ》れ、ときには風速《ふうそく》50メートルを超《こ》えることもあります。とくに海岸《かいがん》のあたりでは、風速30メートルを超える風が、1年を通じて100日前後《ぜんご》吹く地域《ちいき》もあります。

ここで、十九頭の犬たちを、かんたんに紹介《しょうかい》しておきましょう。年齢《ねんれい》と体《たい》重《じゅう》は、犬たちが「宗谷」で出航したときのものです。

〔リキ〕…六才。三十五・五キログラム。毛は灰色《はいいろ》。頭のいい犬で、犬ゾリの先導犬《せんどうけん》をつとめ、ボス的《てき》な風格があった。

〔テツ〕…六才。三十一・五キログラム。毛は灰色。カラフト犬らしくなく、寒がり屋さんだった。

〔アカ〕…五才。三十二・五キログラム。毛は灰色。ほかの犬たちより足が短《みじか》かったが、けんかが好きで、よくしかられた。

〔デリー〕…五才。三十・五キログラム。毛は灰色。シェパードの血《ち》がまじり、わんぱくで、オオカミのような体つきをしていた。

〔風連《ふうれん》のクマ〕…四才。三十三キログラム。毛は黒色。けんか好きで、よく血を流していたが、ソリ引きでは活やくした。

〔比布《ぴっぷ》のクマ〕…四才半。三十八キログラム。毛は黒色。顔つきが勇《いさ》ましく、誇《ほこ》り高かったが、人間ぎらいでなかなかなつかなかった。

〔紋別《もんべつ》のクマ〕…三才。三十三キログラム。毛は黒色。体力があり、ほかの犬がつかれると、先導犬をつとめてよく働いた。

〔ジャック〕…三才。三十四キログラム。毛は白と黒のぶち。おとなしい性格《せいかく》で、まじめによくソリを引いた。

〔ポチ〕…二才半。三十五・五キログラム。毛は茶色。仲間のなかでいちばんよく食べて、首輪《くびわ》ぬけの名人（!?）だった。

ここまで九頭の勇者たちを紹介したけど、まだまだいます。ちょっと、長くなるけど、あと十頭の犬も覚《おぼ》えてあげてください。

南極まめ知識

「クマ」とつく名前の犬が三匹《さんびき》いたので、わかりやすくするために、それぞれ出《しゅっ》身地《しんち》(すべて北海道)の土地名《とちめい》をつけたそうです。

〔**ゴロ**〕…二才。四十三・五キログラム。毛は黒色。仲間のなかでいちばん体が大きく、力は強かった。でも性格はおとなしい。

〔**アンコ**〕…二才。三十四・五キログラム。毛は茶色。金色の目をしていて、とっても甘《あま》えんぼうで、だれからもかわいがられた。

〔**クロ**〕…三才半。三十六・五キログラム。毛は黒色。〝オクゲのクロ〟と呼ばれ、力は強くなかったが、いつもがんばってソリを引いた。

〔**モク**〕…二才。三十六・五キログラム。毛は黒色。いちばん毛がふさふさした犬で、隊員の命令《めいれい》をよくきいた。

〔**シロ**〕…二才。三十一キログラム。毛は白色。おとなしく、先導犬として活やくし、立派《りっぱ》な働きをした。

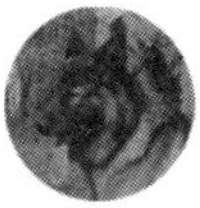

〔**ペス**〕…四才。三十八・五キログラム。毛は茶色。おとなしすぎてあまり目立たなかったが、まじめにソリを引いた。

あすか基地《きち》で記録《きろく》された最低気温《さいていきおん》（1987年，−48.7℃）　−48℃

〔ベック〕…三才半。三十八キログラム。毛は茶色。頭がよく副《ふく》先導犬をつとめたが、越冬中《えっとうちゅう》に体をこわし元気がなくなった。

〔シロ子〕…一才。体重は不明《ふめい》。毛は白色。仲間たちのなかで、ただ一頭のメス。越冬中に、八匹の子犬を産《う》んだ。

〔タロ〕…一才。三十三・五キログラム。毛は黒色。性格はもさっとしているが、よく働く若者となった。

〔ジロ〕…一才。三十三・五キログラム。毛は黒茶色。苦労知らずの甘えっ子で、すこし落《お》ちつきのない性格だった。

さぁ、物語をつづけることにしましょう。

昭和基地温泉のお湯につかりながら、越冬隊長の西堀さんが、ぶつぶつひとりごとをいっています。

（これから南極のきびしい冬をのりこえ、観測《かんそく》や調査《ちょうさ》をつづけるには、犬ゾリ隊を、もっとしっかりしたものにしなければならない）

そんなことを考《かんが》えていたのです。というのも、西堀さんは、春になってから「大陸旅行《たいりくりょこう》」をぜひやってみたいと、計画を立てていました。この昭和基地では、調査にいくことを、ちょっとおしゃれに「旅行」と呼んでいました。

その旅行にそなえて、犬たちの訓練をはじめることになりました。犬たちは、北海道の稚内市で、ソリを引く訓練をうけましたが、あれから一年以上もたって、わすれかけている犬もいます。

「では、さっそく犬の訓練をやりなおします」

犬係の菊池隊員と北村隊員は、西堀さんに、そう約束しました。

まず「トウ、トウ！」――進め！　の訓練からです。

「それ、いくぞ！　トウ、トウ、トウ‼」

菊池隊員のするどいかけ声が、雪原《せつげん》にひびきます。けれど、十分ほどは力強く走りつづけますが、犬たちはハーハーと息《いき》をあらくして、へたりこんでしまいます。長いあいだ船にゆられてきたので、体力がおとろえてしまったのかもしれません。

「トウ、トウ!」

ソリにのった菊池隊員のかけ声は、さらに高くひびきます。先頭のリキの前を、北村隊員が、犬たちに追《お》いつかれないように、力をふりしぼって、まっすぐに走ります。

三十分、いや、一時間も犬たちは走りつづけ、北村隊員を追いかけていきます。

「ああ、もうだめだ……」

さすがの北村隊員も、雪の中にくずれるようにたおれこみました。

みんなで力をあわせて雪原を走る犬ゾリ隊

訓練は、くる日もくる日も、容赦《ようしゃ》なくつづけられました。あと、ひと月もすると、南極には、太陽が顔を出さない時期《じき》がやってくるのです。だから、訓練は、急がねばなりません。

この犬ゾリの訓練で、いちばん大切《たいせつ》なのは「ブライ!」です。はじめのところでふれましたが、「止まれ!」という号令です。この「ブライ!」で犬たちは止まりますが、大切なのは、つぎの「トウ!」(進め!)の声がかかるまで、止まったところから、一歩も動いてはいけないのです。

「ブライ！　こらっ、ジロ、ブライ、ブライだ!!」

菊池隊員のムチが、空気をふるわせて、ビシッ、ビシッとなります。

すなおな性格の犬もいます。号令は知っていても、ちょっとへそまがりで、すぐ動く子もいます。教えても、すぐにわすれてしまう子もいます。そう、人間と少しもかわらないのです。

こうして、菊池隊員と北村隊員、そして犬たちの根気《こんき》くらべがつづきました。

「やあ、いいぞ、いいぞ！　そのちょうし、そのちょうし！　それぇ、トウ、トウ!!」

ひさしぶりに青く晴れわたった空に、菊池隊員の明るい声がこだましたのは、訓練をやりなおしてから、ちょうど一か月がすぎたころでした。

死《し》ぬな、ベック

「宗谷」が日本へ帰り、第一次越冬隊が昭和基地でくらすようになって、三か月半がたちました。

一九五七年（昭和三十二年）、五月三十一日。太陽といよいよ、お別《わか》れをするときがきました。十一人《にん》の越冬隊員が、日の丸の旗が風になびく、ポールの前に集まりました。

午後十二時三十五分――、北の地平線《ちへいせん》にわずかに見えていた太陽が、金色の光をはなちながら、ゆっくりとしずんでいきます。

「おーい、太陽よ！　こんど会える日まで、さよならだ!!」

みんなが、いっせいに『蛍《ほたる》の光《ひかり》』を歌いだしました。これから、しばらくの間、南極では太陽がのぼらない毎日がはじまるのです。いつも空に太陽があるのを、あたりまえに思っているけれど、この南極ではこんな不思議《ふしぎ》なことがおきるのです。

それから、一週間がすぎた日のことです。

「うわーっ、オーロラだ！　おーい、みんな、オーロラだぞー」

外にでていた隊員の声に、みんなが走りでてきました。空一面をおおうように、みどり色の巨大《きょだい》なカーテンが、ゆらゆらとゆれています。そのみどり色の光のなかから、赤や青、むらさき色の光のすじが、からみあいながらふりそそぎました。

みんな、身《み》じろぎもしないで、空を見あげて、ただ立ちつくしました。

ウォーン　ウォーン

ジャックとゴロが、ひくくほえました。

ウォーン　ワンワン　ウォーン
タロとジロも、空を見あげてほえました。
（やっぱり、ここは地球のいちばん南の果《は》てなんだ）
隊員たちも、犬たちも、自然がつくりだす〝光のショー〟に、胸《むね》のなかがあつくなりました。

太陽は顔をださないけれど、けっしてまっ暗《くら》ではありません。

「極夜《きょくや》」といって、日中に、うす明るい時間があって、外で仕事はできるのです。

でも、隊員のだれもが、一日もはやく、太陽の光がとどくのを、待ちのぞんでいました。

その太陽が顔をだしたのは、七月十三日のこと。

南極まめ知識

「極夜《きょくや》」は、南極や北極《ほっきょく》に近い地域に見られる現象《げんしょう》。昭和基地では6月〜7月中《ちゅう》旬《じゅん》までの約1か月半、太陽は現《あらわ》れず極夜の季節《きせつ》となります。

反対《はんたい》に12月〜１月中旬までは夜のない季節、10月初旬《しょじゅん》から２月下旬《げじゅん》までは夜でも暗くならない「白夜《びゃくや》」の季節です。

くらやみがおとずれてから、四十三日目、昭和基地は、ふたたび明るくなりました。

南極に、春がやってきたのです。それから、三日目のことです。

ベックのようすが、急《きゅう》にわるくなりました。十日ほど前から、すっかり元気をなくしたベックは、犬小屋でしずかによこたわっていました。医師《いし》の中野《なかの》隊員が、ベックの体を診察《しんさつ》してみると、腎臓《じんぞう》の病気《びょうき》にかかっていることがわかりました。なんどか注射《ちゅうしゃ》をしましたが、まるで効《き》き目はありませんでした。

「ベック、おい、ベック!」

菊池隊員が声をかけても、ベックは苦しそうに胸をあえがせながら、とろんとした目を向けるのがやっとです。ほんの少しでるおしっこに、血がまじるようになりました。

「ベック、ベック……、ベック！　おい、ちゃんと、目をあけてくれよぉ」

祈《いの》るような声で呼びかけて、菊池隊員は、ベックの背中《せなか》をさすりました。

でも、やがて、まぶたさえも動かなくなりました。

「ベック。おい、ベック、死《し》ぬんじゃないよ、なぁ、ベック！」

泣《な》きそうな声で、北村隊員がさけびました。しかし、茶色の毛につつまれたベックは、ぴくりとも動いてくれません。


そして、そのまま、眠るように、息をひきとりました。

「ベック……、ごめんな、ベック……」

そうつぶやいた菊池隊員の目から、涙《なみだ》がこぼれて、止まらなくなりました。


その夜。菊池隊員は、氷原《ひょうげん》をほって、ベックのお墓《はか》をつくりました。

リキも、風連のクマも、タロとジロも、そしてほかの犬たちも、おなじ北海道に生まれた仲間の死が、よくわかりませんでした。

八月にはいると、越冬隊長の西堀さんは、旅行計画を発表《はっぴょう》しました。

「わたしたちが、この南極にのこされたのは、このきびしい自然のなかで、人間が越冬できるか、それをためすためです。しかし、それだけでは観測になりません。南極は、まだまだ未知《みち》の大陸です。新しい挑戦《ちょうせん》として、わたしは、なんとしても、ボツンヌーテンに登《のぼ》りたいと思います」

西堀さんは、隊員一人ひとりの気もちを、たしかめるように話しかけました。

南極大陸にそびえるボツンヌーテンは、標高《ひょうこう》（高《たか》さ）が、一四八〇メートル。まだ、だれもがその頂上《ちょうじょう》に登ったことのない山でした。

そこで、南極大陸に上陸するには、どこから上陸したほうがいいか。雪上

南極まめ知識

ボツンヌーテンは、昭和基地から約《やく》170キロはなれた場所にある岩山《いわやま》。ボツンヌーテンは、ノルウェー語で「奥岩《おくいわ》」という意味《いみ》です。

車が、海をおおっている氷の上を走ることができるか。犬ゾリをつかって確《たし》かめることになりました。

八月二十八日、いよいよ犬ゾリ隊の出発です。

メンバーは、西堀越冬隊長、地質観測《ちしつかんそく》の立見《たつみ》隊員、そして犬係の菊池隊員、北村隊員と、カラフト犬が十四頭です。

「それっ、トウ、トウッ！」

犬たちは、元気いっぱいに走りだしました。ソリには、十日分の食糧《しょくりょう》をはじめテント、器材《きざい》など、五百キロもの荷物がつまれています。重い荷物に、犬たちは、息をあえがせながら、ゆっくりと進みます。

旅の一日目は、基地からおよそ三十キロのところでキャンプをはりました。

犬たちの食事は、ペミカンです。ペミカンというのは、くじらの肉と小麦《こむぎ》粉《こ》で作ったビスケットです。食事がおわると、人はテントの中で、犬は雪の中で、いびきをかきながら、深い眠りにすいこまれました。

つぎの日は、さらに三十キロ進みました。

四日目。犬ゾリは、四角い台の形をした氷山のあいだを、すべるように走ります。

ソリの先頭を走るリキもシロも、綱《つな》をぴんとはって、懸命に走ります。

「はいよぉ、トウ、トウ、トウッ」

菊池隊員のかけ声が、明るくはずんでひびきます。ところが、一頭だけ、みんなのリズムを狂《くる》わせる仲間がいました。

「こらっ、ジロ、どうして止まるんだ！」

西堀越冬隊長が、こまった顔でジロをしかります。でもジロは、（どうして、ぼくがしかられるんだ⁉）と、ちょっぴり、ふてくされた顔ですわりこんでいます。

「タロを見ならわんとな。ジロ、いいな、わかったな」

西堀さんが、ジロにいいきかせると、タロが、ワンとほえました。

（ジロ、仕事をするときは、やっぱりな、みんなと力をあわせなくちゃな）

タロが、兄貴《あにき》の顔をして、そういっているみたいでした。

六日目。犬ゾリ隊は、あちこちに小さな氷の割れ目のある氷原を進みました。その割れ目から、ほんの少しあたたかい海水が、ゆげをたてているように見えます。

「おーい、みんな、気をつけろ」

西堀隊長が、割れ目をのぞいて、くつでコツコツと氷をつついたときです。

ドップーン！

なんと、みんなに注意《ちゅうい》をうながした隊長が、海水のなかに落ちてしまいました。

「た、隊長！」

三人の手につかまって、西堀隊長は、あやうく助かりました。でも、ずぶぬれのからだで隊長はこういいました。

「いやぁ、とんだ失敗《しっぱい》だな。でもな、海ん中は、思ったより、あったかいもんだぞ」

どうやら西堀隊長は、負《ま》けおしみがかなり強いようです。

七日目。一行《いっこう》は帰り道をいそぎます。粉雪《こなゆき》がふりしきる中を、犬たちはもくもくと進みます。

南極まめ知識

南極の海には、多くの生物が住《す》んでいます。ペンギンやアザラシ、夏に回遊《かいゆう》してくるクジラをはじめ、イカやタコ、魚、それから海底《かいてい》のカイメンやホヤなど、生物の種類《しゅるい》も数も豊富《ほうふ》です。こうした豊《ゆた》かな生態系《せいたいけい》は、日照時間《にっしょうじかん》の長い夏に莫大《ばくだい》な有機物《ゆうきぶつ》を生産《せいさん》する珪藻《けいそう》など植物《しょくぶつ》プランクトンと、それを食べて大量《たいりょう》に増《ふ》えるナンキョクオキアミなどの動物《どうぶつ》プランクトンに支《ささ》えられています。

八日目《ようか》。旅のさいごの日です。犬ゾリ隊は、昭和基地まであと十キロの地《ち》点《てん》にたどりつきました。犬たちも、少しへばっています。すると、遥《はる》かむこうに黒い物体《ぶったい》が見えたかと思うと、どんどん近づいてきました。

「やあ、おかえりなさい」

三人の隊員が、昭和基地から迎《むか》えにきてくれたのです。荷物はぜんぶ、雪上車がひきうけてくれることになりました。

「隊長、犬たちはがんばりぬきましたから、ここらで、はなしてやりましょうか」

菊池隊員は、犬たちを自由にしてやりたいと思ったのです。

「うん、そうだな、基地まで十キロだから走って帰れるだろう」

「心配《しんぱい》ありませんよ。われわれより先にかえって、ワンワン、迎えてくれますよ」

隊長のゆるしがでて、ロープからはずされた十四頭の犬たちは、それは嬉しそうに、基地をめざして走りだしました。

「菊池くん、犬たちは……、だいじょうぶだろうか」

西堀隊長が、不安《ふあん》そうな顔つきで、犬たちを見おくりました。

でも、その不安が的中《てきちゅう》するとは、菊池隊員は思ってもみませんでした。

まっ赤な足あと

ワンワン　ウー　ワン　ワンワン！

十四頭の犬たちは、それぞれにほえながら、氷原に散《ち》っていきました。目ざすのは、昭和基地です。リキ、ジャック、紋別《もんべつ》のクマ、シロ、タロ、そしてジロたちが、雪上車を追いかけて、いっしょうけんめいに走ります。

こうして、ほとんどの犬が、夕ぐれまでに基地に帰ってきました。

けれど、ゴロとアンコと比布《ぴっぷ》のクマは、なかなかもどってきません。

「いや、かならず、もどってくる」

菊池隊員は、そうつぶやいて、不安な気もちをうち消《け》しました。

「道に迷《まよ》ったのだろうか」

夜中に、なんども外に出てみました。が、やはり、三頭の姿《すがた》はありませんでした。


うっすらと、夜が明けました。

ワンワン！　と、ほえたてる犬の声がします。北村隊員がとびだしてみると、ゴロがしっぽをふって、基地をめがけて、かけてきました。でも、アンコと比布のクマは、帰ってきません。

三日目の朝――、だれもが、心配でたまらなくなりました。氷原のかなたを見つめて菊池隊員は、だまりこくったままです。

「よし、さがしにいくしかない」

隊長の命令で、三人の隊員が出発しました。

「比布！　おーい、比布やーい！」

「アンコ！　どこにいるんだぁ!!」

三人は声のかぎりにさけびました。二時間近く、氷原のあちこちをさがしまわりました。すると、とおくの岩《いわ》のあたりに、なにやら動くものが見えました。

ワン　ワンワン　ウー　ワンワン

茶色の犬が、まっしぐらにかけてきました。

「おお、アンコだ、アンコだ。よかった、よかった」

両手《りょうて》を大きくひらいて、藤井《ふじい》隊員が、アンコをしっかりと抱きしめました。のこるのは、比布のクマです。暗くなるまでさがしましたが、とうとう見つけることはできませんでした。

「きょうこそ、ぜったいに比布をさがしてきます」

菊池隊員は、北村隊員と雪上車に乗って、大陸近くまでさがしにでかけました。だいぶ進んだところで、犬の足あとを見つけました。

「比布の足あとだ。おーい、比布やーい、比布……！」

いくらさけんでも、まっ白い氷原に、ふたりの声がすいこまれていくだけでした。

（ピップ……、どこにいったんだ、おい、出てきてくれよぉ、ピップ……）

雪原にぺたりとすわりこんだ菊池隊員の目から、涙があふれて、止まらなくなりました。そのよこで、北村隊員は、じっとくちびるをかみしめていました。

耳をぴんと立て、勇《いさ》ましい姿でソリを引いた比布のクマは、果てしなく広がる南極の雪原に、永遠《えいえん》に姿を消してしまったのです。

でも、嬉しい出来事《できごと》もありました。比布のクマの行方《ゆくえ》がわからなくなって十日ほどがたったころ、シロ子が、子どもを産んだのです。生まれたのは、八匹の子犬です。

お母さんのシロ子が、子犬たちにおっぱいをあげます。すると、そのそばには、たいていジロがいて、子犬たちを見守《みまも》っているのです。ジロは、まるでお父さんのようなそぶりです。

「そうか、シロ子と結婚《けっこん》したのは、やっぱり、ジロだったんだなあ」

隊員たちは、そんなことをいいあいました。というのも、オス犬たちの何頭かは、シロ子に恋《こい》をしていました。はじめにシロ子にアタックしたのは、紋別《もんべつ》のクマ。でも、あっ気《け》なくフラれてしまいました。

つぎにゴロがラブコールをしましたが、これもダメ。そしてタロも、しきりにシロ子に恋をしましたが、やっぱり失恋《しつれん》。そんなある日、シロ子がトコトコとジロのところにやってきて、「結婚しようね」と、どうやら告《つ》げたようなのです。それでジロは、シロ子のお婿《むこ》さんになったのでした。だからタロは、弟のジロがうらやましくてならないのでした。

昭和基地に、夏がおとずれようとしています。待ちにまったボツンヌーテンを目ざす、大陸探検の日が近づいてきました。

ところが、雪上車のぐあいが、どうもよくありません。それまで南極の氷や地質などを調べるために　がんばってきたため、故障《こしょう》がおきやすくなったのです。

「雪上車はあきらめるしかないな」

西堀越冬隊長が、残念そうに腕をくみました。そして、犬ゾリ隊ででかけることが決まりました。そのメンバーには、中野隊員、犬係の菊池、北村の三隊員が選ばれました。

十月十六日。あたり一面に、濃《こ》いガスがたちこめています。その中を、シロを先頭に、十五頭の犬ゾリ隊が、遥《はる》かかなたのボツンヌーテンを目ざして走りだしました。一か月近くはかかる旅になりそうです。ソリに積みこまれた荷物は、五百キロはあります。

氷の上の雪はどんどん深くなり、そのうえ、上《のぼ》りの坂道《さかみち》がつづきます。雪

南極まめ知識

熱帯《ねったい》や温帯《おんたい》であたためられた大気《たいき》は、上へ昇《のぼ》り寒《さむ》い地域《ちいき》にはこばれ、南極で冷《ひ》やされて下へ降《お》り、ふたたび低緯度《ていいど》へもどっていきます。いろんな場所《ばしょ》で発生《はっせい》した二酸化炭素《にさんかたんそ》などのガスが、南極には均一《きんいつ》に混《ま》ざりとどくため、地球全体《ぜんたい》の環境汚染《かんきょうおせん》をいちばん科学的《かがくてき》に調《しら》べて判断《はんだん》できるのです。

に足をとられて、犬たちは、思うように進めません。三人の隊員たちが、犬ゾリの前やよこを走ります。百メートルいっては、ひと休みし、また走るという、それは苦しい行進《こうしん》になりました。

十月二十一日。南極大陸への第一歩となる白い丘を、犬ゾリ隊はのりこえました。そして犬たちは、バター、ビスケットをもらって元気をつけました。

「そーら、ゆくぞ！　トウ、トウ!!」

犬たちは、いっせいに立ちあがり、また雪深《ぶか》い道を進みます。つかれてくると、「ブライ！（止まれ）」の号令がかからないかと、うしろをふりかえる犬もいます。

昭和基地を出発して、八日目。犬ゾリ隊の前に、ボツンヌーテンの山が、黒い岩《いわ》はだを見せて、その姿をあらわしました。

「ボッンヌーテンのふもとまで、あと少しだ。おまえたち、がんばってくれよ」

菊池隊員が、犬たちにかたりかけました。

ワンワン　ウーッ　ワンワン

がんばり屋のタロが、しきりにほえて、やる気を見せました。ところが、それから三百メートルほど進んだときです。

「ブライ！」

犬ゾリ隊がとまりました。白い雪の上に、まっ赤な足あとが、てんてんとついていたからです。それは、赤い血の足あとでした。医師の中野隊員が犬たちを見てまわると、タロの前足のうらが切《き》れて、血が出ていることがわかりました。さっそく、中野隊員がクスリをぬって、応急手当《おうきゅう》てをしました。

「タロ、おまえ、よくがまんしてたな。うーん、さすが、がんばり屋のタロだ」

菊池隊員が、タロの頭と背中をなでました。そして、荷物の中から、じぶんのくつ下をとりだすと、それをタロの前足にはかせました。

苦しい旅はつづき、出発から十日目。犬ゾリ隊は、ボツンヌーテンのふもとに、ようやくたどりつきました。

そして二日後の十月二十七日。

「おとなしく待ってるんだぞ」

犬たちを杭《くい》につないで、三人の隊員は、ついにボツンヌーテンの頂上に立ちました。

（ありがとう、ありがとう、犬たちよ）
十一人の越冬隊員の名前がきざまれた銅板《どうばん》を、頂《いただき》におく三人の胸に、あついものがこみあげて、その瞳をぬらしました。

ボツンヌーテンでは写真《しゃしん》をとったり、岩石《がんせき》を集めたり、気象《きしょう》の観測などをしました。そして、犬ゾリ隊は、ふたたび昭和基地に帰る雪原を、さっそうと走りつづけました。

その途中で、ペンギンたちとであいました。
ワンワン　ワンワン　ウー　ワンワン
犬たちが、いっせいに立ちどまって、ほえたてます。
ガア、ガア、ガア

南極まめ知識
海に落《お》ちた隕石《いんせき》は発見《はっけん》できないし、陸《りく》に落ちた隕石も風化《ふうか》などで無《な》くなってしまうため、なかなか見つけることができません。しかし、南極の山岳地域《さんがくちいき》では、氷に閉《と》じ込《こ》められた隕石が氷とともに海へ流《なが》れず上向《うわむ》きに流れ、その氷が蒸発《じょうはつ》して何十万年もかけ、たくさんの隕石が集《あつ》まっていました。日本の南極観測隊は、この現象《げんしょう》を発見《はっけん》して隕石を採取《さいしゅ》したため、世界一の隕石保有国《ほゆうこく》になりました。

と、ペンギンたちも、見たことのない犬たちを見て、くびをつきだすようにして、大さわぎです。

十一月十一日。四三五キロメートル、二十七日間にわたる大陸探検をおえて、犬ゾリ隊は、無事に基地に帰りつきました。さすがに長く苦しい旅だったので、犬たちの体重は、五キロくらい減《へ》っていました。

「いやあ、ごくろうさん。ごくろうさん」

西堀越冬隊長のやさしい顔、そして隊員たちが迎えてくれました。その夜、菊池隊員は、雪原で休んでいる犬たちのところにやってきました。

「ありがとう、ありがとう」

一頭、一頭の犬にほおずりをして、感謝《かんしゃ》の気もちをつたえました。

南極まめ知識
南極大陸では、主に7種類《しゅるい》のペンギンを見ることができます。「コウテイペンギン」、「アデリーペンギン」、「ヒゲペンギン」、「ジェンツーペンギン」、「イワトビペンギン」、「マカロニペンギン」、「オウサマペンギン」。このなかで、「コウテイペンギン」と「アデリーペンギン」だけが、南極大陸で子どもを産《う》みます。

−77℃

SOS！ こちら宗谷

夏のおとずれを告げるように、南極に青空がひろがって、ぎらぎらと太陽の光が基地にふりそそいでいます。

ペンギンの一団《いちだん》が、昭和基地をよこぎっていきます。ペンギンたちは、北から南へと旅をしているのです。シロ子が産んだ八頭の子犬たちも、すくすくと育っています。

ボツンヌーテンの旅がおわり、犬たちは基地のなかを走りまわっていましたが、テツはからだをこわして、ごろんとよこになっています。

(おい、テツ、元気だせよ)

いつも気のあったタロがはげましても、テツは起《お》きあがる力もなくなったみたいです。

そんなテツをおいて、十三頭の犬たちは、プリンス・オラフ海岸《かいがん》の旅にでかけていきました。越冬さいごの旅です。

氷の面《おもて》がとげとげになっていて、犬たちの足から血がふきだしました。まっ先に雪の上に血のあとをつけたのは、やっぱり、がんばり屋のタロです。つづいてシロ、アンコ、ペス、そしてジロも足を切ってしまいました。

まっ白な雪をまっ赤にそめながら、ソリを引きました。隊員たちが、足を切った犬に絆創膏《ばんそうこう》をはって、タビをはかせましたが、犬たちは、そのタビをとってしまいます。

この旅も、苦しい十日間でした。そして犬ゾリ隊が基地に帰ってくると、テツは小屋のすみで、もう起きあがる力もなくなっていました。

アウーン　アウーン

犬小屋の前で、タロがかなしげな声でないて、友だちのようすを見つめています。

「おい、テツ！　食べなきゃ、元気がでないぞ。ほら、タロがな、がんばれ！といってるぞ」

菊池隊員がドッグフードを、テツの口の中に入れてやりました。テツはほんの少し、それを食べました。

「うーん、テツ、きっとよくなるからな」

タロといっしょに、菊池隊員は、テツが元気になれと祈《いの》りました。

でも、つぎの日の朝。犬小屋のなかで、テツは冷《つめ》たくなっていました。そのそばで、菊池隊員は、ぼうぜんと立ったまま、テツを見つめていました。

この昭和基地で、ともにくらすようになって、ベックが病気で死に、比布のクマがいなくなり、テツも死んでしまいました。かけがえのない三頭の仲間がいなくなってしまったのです。

その年も、あと二週間あまりとなった、一九五七年（昭和三十二年）、十二月十七日。

第二次南極観測隊《だいにじなんきょくかんそくたい》をのせた「宗谷」が、南極圏《なんきょくけん》に入ったという知らせが、昭和基地にとどきました。

文部省にある南極観測本部《なんきょくかんそくほんぶ》からの知らせによると、十月二十一日、東京湾を出航した「宗谷」は、予定《よてい》通りに進み、つぎの年の一月九日には、南極に碇《いかり》をおろすというのです。

「もうすぐクリスマスだなあ。宗谷から飛行機《ひこうき》が飛んできて、クリスマスプレゼントを、おとしてくれるかな」

西堀越冬隊長が、明るく声をはずませて空を見上げました。

（もうすぐ、迎えの船がやってくる。一年間の越冬を無事おえて、日本に帰ることができる。いよいよ、つぎに基地を守《まも》ってくれる仲間がやってくるんだ）

隊員たちの胸も、うきうきとはずむようになりました。

「よし、クリスマスには、ちょっと特別《とくべつ》な料理《りょうり》をつくってみようか」

調理係《ちょうりがかり》の砂田《すなだ》隊員が、そのメニューをいろいろと考えはじめました。ところがつぎの日には、みんなのふくらんでいた胸も、だんだんしぼんでしまいました。

「宗谷からの連絡《れんらく》では、去年《きょねん》より、氷が多いそうだ。こいつは、あまりいいニュースじゃないな。もしかしたら、こっちに着くのは、おくれるかもしれないなあ」

西堀越冬隊長が、ちょっと心配げな顔で、気象データを見つめたからです。

太陽は、夜中の十二時でも、地平線に姿を見せています。けれど、クリスマスがすぎても、「宗谷」から飛んでくるはずの飛行機は、その影《かげ》さえも見せませんでした。

通信係《つうしんがかり》の作間《さくま》隊員が、「宗谷」との連絡をとりました。

「宗谷は、われわれがきたときよりも、南極に近づくのに苦労しているようです」

作間隊員の報告《ほうこく》に、みんなの心はしずみました。そんな重々《おもおも》しい空気が、三日ほどつづきました。

「心配ばかりしても、はじまらないさ。さあ、いっちょう、景気《けいき》をつけようぜ」

砂田隊員がいいだして、氷原の上で、もちつきがはじまりました。

ペッタン　ペッタン　ペッタン

かわるがわるに、もちをつくきねの音が、南極の空にひびきました。そのもちつきのまわりで、十六頭の犬たちが、ねそべったり、じゃれあったり、元気いっぱいです。八匹の子犬たちも、日に日に大きくなっていました。

そのころ「宗谷」は、昭和基地から二二五キロほどはなれたところで、進むことができなくなっていました。厚さ三メートルの氷にびっしり囲《かこ》まれて、動くことができなくなったのです。

乗組員たちは氷原にとびおりて、爆薬《ばくやく》をしかけました。

ドッ　ドーーン

ものすごい音とともに、厚い氷にピッピッと線がのびていきましたが、それくらいでは、船はまだまだ動きません。

そして、一九五七年（昭和三十二年）の大みそかを迎えました。だが、「宗谷」がいつ南極に近づくことができるのか、まるで予想《よそう》がつきません。

「このぶんじゃ、もう一年、越冬することになるかもしれない」

隊員たちは、そんなことを話しました。日本をはなれてから一年二か月、いろいろなことがありました。

（宗谷は、ほんとうに迎えにきてくれるのだろうか）

不安な思いの中に、なつかしい家族《かぞく》の顔がうかんで、大みそかの夜はふけていきました。

新しい年が、南極にもやってきました。この先、越冬隊がどうなるのか、だれもがしずんだ気もちでしたが、それでも基地では、お雑煮《ぞうに》を作って、みんなで新年を祝《いわ》いました。

一月のなかば、どうにか「宗谷」は氷の海をぬけだしましたが、こんどは西へ西へと流されているという連絡が入りました。

「宗谷」が担《にな》っている役目《やくめ》は、本観測《ほんかんそく》のための新しい越冬隊員と、物資《ぶっし》を基地に送りこむこと。そして、いま南極にいる十一人を「宗谷」に乗せて日本に帰ることです。

そして犬たちはというと、新しい第二次越冬隊員にうけつがれ、また、南極でくらすのです。だから心配はいらないのですが、このとき、犬たちの運《うん》命《めい》が大きくかわることを、だれもが予想もしなかったのです。

カレンダーは、とうとう二月になりました。「宗谷」のゆくてをはばむ氷の厚さは、六メートルから七メートルにもなりました。もう、前に進むことも、うしろへさがることもできません。

「このままでは、とても基地にたどりつくなんてむずかしい」

永田隊長と松本船長は、すっかりこまりはてた顔になりました。でも、このままじっとしていては、「宗谷」は氷の海にとじこめられてしまいます。

「SOS《エスオーエス》！　こちら宗谷」

しかたなく、東京の南極観測本部では、アメリカに「宗谷」を助《たす》けてほしいと、たのむことにしました。しかし、アメリカの砕氷船「バートン・アイランド号」は、「宗谷」から一六〇〇キロもはなれた海にいます。二つの船がであうには、一週間もかかります。

「なんとか外海《そとうみ》にでることだけは、宗谷でやってみよう」

乗組員たちは、必死《ひっし》でがんばりました。氷の海と二日間、闘いぬいて、二月六日、「宗谷」は、ようやくのことで氷の海をぬけだしました。

「おーい、見えたぞ、見えたぞ！」

遥か沖《おき》あいに、「バートン・アイランド号」が姿をあらわしました。「宗谷」の乗組員たち、隊員たちが、デッキにかけのぼって手をふりました。

さよならの名札

一九五八年（昭和三十三年）二月八日。

「宗谷」は、助けをもとめた「バートン・アイランド号」のあとにしたがって、氷海《ひょうかい》を進みました。そして、昭和基地から約一二〇キロのところまで近よることができました。

「おーい、ビーバー機《き》が飛んでくるぞぉ！」

昭和基地の十一人の隊員は、抱きあってかんせいをあげました。ビーバー機「昭和号《しょうわごう》」は、「宗谷」に積まれている小さな軽飛行機《けいひこうき》です。やがて、基

−89℃　ソ連《れん》(当時《とうじ》)ヴォストーク基地《きち》での最低気温《さいていきおん》(−89.2℃)

「宗谷」の救助《きゅうじょ》にかけつけた「バートン・アイランド号」(写真奥《しゃしんおく》)

地のかなたの空に黒い点が見え、ぐんぐんと近づいてきます。

だれもが空をあおぎました。日の丸の旗がふられ、犬たちもワンワンとほえたてて、空を見上げました。

胴体《どうたい》の日の丸があざやかな「昭和号」は、基地の上空をグルッとまわると、パラシュートをつぎつぎとおとしました。

「ありがとう、ありがとう」

砂田隊員と立見隊員の声が、涙でふるえました。九つのパラシュートにつながれた包《つつ》みをほどくと、新鮮《しんせん》な野菜や食べもの、家族からの手紙が入っていました。

《おとうさん、ぼくも、おかあさんも、おとうとも、みんなげんきです。無事にかえってきてください》

その夜、隊員たちは、家族からの手紙をよんで胸があつくなりました。

(もうすぐ、日本へ帰ることができる。交代の人たちが、すぐそこまできている)

そう思うと、なかなか眠れませんでした。

ところが、つぎの日。

「宗谷」から、無線《むせん》電話が入りました。

「突然《とつぜん》、そんなことをいわれても……。われわれが今日まで、なんのためにがんばってきたのか、わかっているんですか」

西堀越冬隊長が、おどろきながら、声をけわしくしました。

「いや、バートン・アイランド号には、あと数日しかたのめません。そうなれば、宗谷は氷海にとじこめられ、動きがとれなくなってしまいます。西堀さん、とにかく全員、できるだけはやく、宗谷へもどってください」

レシーバーから、永田隊長の声が、少ししずんだようにひびきました。

西堀越冬隊長は、すぐに返事《へんじ》ができませんでした。西堀さんとしては、仕事のこと、犬たちのことを、交代する第二次の越冬隊員に、きちんと引きついでから、基地をあとにしたいと、そう考えていたからです。

でも「宗谷」からの指令《しれい》は、すぐにでも全員《ぜんいん》、基地を引きあげるようにと、思いがけないことをいってきたのです。西堀さんはもちろん、どの隊員も納《なっ》得《とく》がいきません、でも、永田隊長がいうことですから、いちがいに反対《はんたい》することはできませんでした。

犬たちは、これからさらに一年、昭和基地にのこって、第二次越冬隊員の仕事を助けることになっていました。

その日、夜遅《おそ》く、菊池隊員は、犬たちのところにやってきました。

「シロ、おまえは、ほんとうによく走ってくれたな」

「リキ、おまえは、みんなのリーダー役をいっしょうけんめいやってくれたな」

菊池隊員は、犬の首にそれぞれの名前をかいた名札《なふだ》をつけました。ジャック、モク、風連のクマ、紋別のクマ、ペス、アカと、一頭、一頭に名札をつけてまわります。

こうしておけば、交代する第二次越冬隊の人たちに、犬の名前をすぐにおぼえてもらえると思ったからです。

「タロにジロ！　ずいぶん大きくなったな。ジロはちゃっかり屋だけど、兄さんのタロを見ならって、元気でがんばれよ」

タロとジロの背中《せなか》をなでながら、菊池隊員は、胸がくるしくなりました。涙が、ひとりでにこぼれて、時間が止まったようになりました。

「みんな、元気でな。ほんとに、ほんとに、一年間、ありがとう。新しい越冬隊の人たちを、しっかり助けてやってくれよ」

立ちあがった菊池隊員は、小さく手をふると、基地の建てものにむかってかけだしました。なんにも知らない犬たちは、つぎの日も、またつぎの日も、菊池隊員に頭をなでてもらえるものと思っていました。

そして二日後の二月十一日。

昭和基地に、ビーバー機がさっそうと着陸《ちゃくりく》しました。十一人の越冬隊員たちを迎えにきたのです。小さな飛行機ですから、一回の飛行《ひこう》で乗られるのは三人、そして一人分の荷物は二十キログラムまでです。犬係の北村隊員が、ビーバー機に乗りこむ時間がせまってきました。

「隊長、おねがいがあるのですが……」

「どうしたんだね、きゅうにまじめな顔をして!!」

「隊長、一人の荷物の割《わ》りあては二十キロですよね。その荷物を少しずつ減らして、子犬たちを、宗谷へはこんではいけないでしょうか。日本に連れて帰りたいのです」

北村隊員は、じっと西堀越冬隊長の顔を見つめました。シロ子が産んだ八頭の子犬たちは、すっかり大きくなって、十五キロくらいになっていました。西堀越冬隊長は、しばらく考えこんでいました。

南極まめ知識

第一次南極観測隊に一緒《いっしょ》に連《つ》れてきていた、三毛猫《みけねこ》の「たけし」と2羽《わ》のカナリアは、このときに一緒に日本に連れ帰《かえ》られました。

「うん、いいだろう。そうすることにしよう」

隊長の口もとから、そのことばがでたとき、北村隊員は、嬉しさのあまり、いまにも泣きそうな顔になりました。

ビーバー機の第一便《だいいちびん》には、観測の記録や南極の岩石、そして北村隊員が、子犬を一頭抱いて乗りこみました。

第二便には、菊池隊員と作間隊員、それに子犬四頭が「宗谷」へとはこばれました。

菊池隊員が、ビーバー機に乗りこもうとしたときです。

ワン　ワンワン　ウーッ　ワンワン
十六頭の犬たちが、いっせいにほえました。

「やっぱり……、わかるんだな」

犬たちのところにかけよると、菊池隊員は、一頭、一頭にほおをすりよせ、頭をなでました。タロとジロは、かなしげな声をあげて、菊池隊員のひげ面《づら》をなめました。

「元気でいろよ。また、くるからな」

ビーバー機にのりこんだ菊池隊員は、ガラス窓《まど》に顔をおしつけて、犬たちを見つめました。

ウォォーン　ウォォーン　アウゥーン

犬たちのかなしげな声が、ひびいてきます。ビーバー機は、ゆっくりと基地をあとにしました。

「ああ、ついにお別《わか》れだ！」

菊池隊員は、飛行機の小さな窓から犬たちをさがしました。くさりにつながれた犬たちはだんだん小さくなっていきました。

南極にのこされた犬たち

こうして十一人の越冬隊員たちは、さまざまな思いをのこして昭和基地をあとにし、「宗谷」の人となりました。

さっそく永田隊長は、西堀越冬隊長をまじえて会議を開きました。

第二次越冬隊は、はじめ、二十人の隊員と四六〇トンの荷物を、基地に送りこもうという大がかりな計画をたてていました。

「しかし、このまま悪天候《あくてんこう》がつづくと、越冬隊をおくりこむどころか、われわれの乗っているこの宗谷さえもあぶない。もういちど、計画をねりなおして、来年、ふたたび挑戦《ちょうせん》したほうがいい」

「いや、せっかくここまできたんだ。荷物を減らし、ぎりぎりの人数でも、南極大陸に新しい越冬隊を送るべきだ」

意見は二つにわかれ、なかなか結論《けつろん》がでませんでした。


二月十二日。

とりあえず、第二次越冬隊の三人が、ビーバー機にのりこんで、昭和基地のようすを見てみることになりました。

ところが、つぎの日、「宗谷」の上空は、まっ黒な雲におおわれ、風がでてきたかと思うと、おそろしいブリザードがおそいかかってきました。

「宗谷」は、ミシッ、ミシッと船体をきしませ、氷海でひめいをあげました。

そして、二月十四日。

この日も、朝からすさまじいばかりのブリザード。夕ぐれ、ブリザードが、そのいきおいを、ようやく弱めました。

「帰ってきたぞぉ！」

基地のようすを見にいっていたビーバー機が、もどってきました。

「おお、シロ子！」

迎えにでた菊池隊員は、思わずさけびました。三人の隊員は、基地にのこっていた二頭の子犬と、お母さんのシロ子を、つれて帰ったのです。

「おーい、みんな、待ってろよ。つぎの隊員が、もうすぐそっちへいくからな。もう少しのしんぼうだぞぉ！」

デッキの上で、基地のほうを見つめた菊池隊員は、十五頭の犬たちにとどけとばかりに、大きな声で呼びかけました。

ゆるしてくれ、犬たちよ

その夜、菊池隊員は、十五頭の犬たちのことが心配になって、うとうと眠りかけたかと思うと、すぐに目がさめました。そして、一睡《いっすい》もしないまま朝を迎えました。「宗谷」の食堂《しょくどう》で、朝ご飯を食べようとしましたが、犬たちのことを考えると、食べる気もちがおきません。

じつは、ビーバー機で基地を飛びたつ前の日、菊池隊員は、ほかの隊員たちといっしょに、犬たちをつないできたのです。

石油《せきゆ》をいっぱいに入れた大きなドラム缶《かん》とドラム缶《かん》の間に、太いワイヤーをはりました。そして犬のくび輪には、一メートル半ほどのクサリをつけて、それをワイヤーにつなぎました。犬と犬とのあいだは、二メートル半くらい、あけました。

それまでふだん、はなしておくと、犬たちがけんかをして、耳やくちびるなどにケガをしたことがあったからです。

「つぎの隊員の人たちがくるまで、ちょっと不自由《ふじゆう》だけど、がまんしてくれよな」

犬たちをワイヤーにつないだのは、氷原のどこかをさまよい歩かないかと、心配《しんぱい》になったからです。

昼すぎ、菊池隊員は、ビーバー機でかえってきた第二次越冬隊の一人に、おそるおそるたずねました。

「あのう……、十五頭の犬は、クサリをはずしてきてくれましたよね」

「いや、すぐにわれわれ第二次越冬隊が上陸《じょうりく》するわけですから、そのままにしてきましたよ」

「えっ、すると……!?」

「ええ、クサリにつないだままです。でも、アザラシの肉と、ボウダラを一頭につき、一週間分ほどやってきましたから、なーに、心配することなんかありませんよ」

クサリにつないだまま……。菊池隊員の胸のなかは、トンネルに迷いこんだようになりました。とりかえしのつかないことをしてしまった。菊池隊員は、おそってくる不安を、なんどもはらいのけようと、じっと目をつぶりました。

「宗谷」の中では、いつ、第二次越冬隊を送りこんだらいいか、その話しあいがおこなわれていました。でも、なかなかそのきっかけがつかめないまま、時間だけがすぎていきます。厚くとざした流氷の海は、まるで道を開いてくれません。

こうして、重苦しい空気の中で、三日がすぎました。

二月十八日。とつぜん、「バートン・アイランド号」の艦長《かんちょう》から、こんな知らせがとどきました。

「われわれの船が力をつくしても、外海にでるのがせいいっぱいです。第二次越冬は、いさぎよくあきらめていただきたい」

その申《もう》し入れに、永田隊長も、西堀越冬隊長も、かえす言葉が見つかりませんでした。

（いったい、どうしたらいいんだ。第二次越冬をあきらめたら、十五頭の犬たちを、見ごろしにしてしまうことになる……）

西堀越冬隊長の胸は、はりさけそうになりました。

それから四日間、雪まじりの風が、ごうごうと音をたてて、「宗谷」におそいかかりました。

「一日でいいから、晴れてくれ！」

菊池隊員と北村隊員は、手をにぎりしめて祈りました。が、空はまっ黒にかきくもり、風はますますうなり声をあげるばかりです。このままでは、十五頭の犬たちをつれて帰ろうにも、ビーバー機を飛ばすことができません。

そして「宗谷」は、もう限界《げんかい》にきていました。食糧とたくわえていた水、さらに燃料《ねんりょう》が足りなくなってきたのです。しかし、そんなことにはおかまいなしに、厚い流氷は、「宗谷」のまわりに、どっしりと居《い》すわりつづけたのです。いっこくも早く氷海をぬけでなければ、大変なことになってしまいます。

でも、昭和基地にのこされた十五頭の犬たちは、どうなるのでしょうか。

犬係の菊池隊員と北村隊員は、だまっていられなくなりました。

「西堀隊長！　おねがいがあります。犬たちを、このまま見すてないでください。かなりの危険《きけん》をおかしても、基地からつれもどしてほしいのです」

ふたりは、いまにも泣きそうな声で、西堀越冬隊長にうったえました。だが、西堀越冬隊長は、なかなか口を開きません。

「あの犬たちは、われわれ十一人と、苦労をともにした戦友《せんゆう》です。われわれだけが、日本にかえるのは……、どうにも、納得がいきません。いまのままでは、うえ死にしてしまいます。つれもどすことができないのなら、いっそのこと、これで死なせてやったほうが……」

菊池隊員が、毒《どく》入りのだんごを西堀越冬隊長の前にさしだしました。

「あの犬たちを……、かわいい犬たちを助けだせないのなら、なんのために……、なんのために犬ゾリを走らせて、血がにじむまで苦労させたんですか」

北村隊員も、声をふるわせていいました。西堀越冬隊長が、ようやくふたりにむきあいました。

「きみたちのいうことは、わたしも……、心にナイフがつきささるほど、よくわかっている。わたしも、犬たちを助けたい……。しかし、宗谷は、どうにもならないところまできているんだ。ほんとうにつらいことをいうがね、われわれは、犬をつれて南極見物にきたのではない。地球の秘密をさぐる観測という使命《しめい》をもって、この南極にやってきたんだ。その目的のためには、しかたのないことだってあるんだ。これは……、運命なんだ。どうか、どうかわかってほしい」

肩《かた》をふるわせて話す西堀越冬隊長の瞳《ひとみ》に、涙が光っていました。ふたりの隊員は、くちびるをかみしめて、おしだまるしかありませんでした。

二月二十四日、朝はやく、全員が「宗谷」の食堂にあつまりました。

「たがいに、きずついた心をいたわりながら、日本へ帰ろう」

みんなの顔を見まわしながら、永田隊長は、そのあと言葉がつづかなくなりました。とうとう、第二次越冬計画を、あきらめることになったのです。

（ついに、一番おそれていたことが、ほんとうになってしまった）

菊池隊員は、目の前がまっ暗になりました。

一九五八年（昭和三十三年）、二月二十四日、午後十時二十五分――、

《ながいあいだ、ありがとうございました》

「宗谷」のマストに、信号旗《しんごうばた》があがりました。それは、氷海にとじこめられた「宗谷」を助けてくれた「バートン・アイランド号」へのお礼の合図《あいず》でした。

ボーッ　ボーッ　ボーッ！

かなしげな汽笛を重くひびかせて、「宗谷」は、ゆっくりと南極をあとにしました。このときから、十五頭のカラフト犬たちは、マイナス四十度にもなる南極大陸で、きびしい闘いの日々《ひび》を送ることになったのです。「宗谷」は、アフリカの南のはしにあるケープタウンに向かっていきます。

デッキの上で、菊池隊員は、遥かに遠《とお》ざかっていく南極大陸を、じっと見つめています。

（ゆるしてくれ、犬たちよ。おまえたちを、うらぎったぼくを……、ゆるしてくれぇ）

菊池隊員の目に、十五頭の犬たちの姿がつぎつぎとうかんできます。

ブリザードが、菊池隊員のほおを、ようしゃなくたたきます。

「おーい、みんな、ありがとう。たくさんの思い出を……、思い出を……、ありがとう」

デッキにひざまずいて、菊池隊員は、かみの毛をかきむしりながら、心の底から泣きました。


そのころ、おきざりにされた犬たちは、クサリにつながれたまま、隊員たちが帰ってくるものだと信《しん》じて、ひたすら待っていました。

けれど、つぎの日も、またつぎの日も、昭和基地には、だれももどってきませんでした。

（おかしいな。つぎの隊員の人たちがくるから、がまんして留守番《るすばん》するんだぞって、菊池のおじさんが、いったのになあ）

リキが、となりのペスに言いました。

（いや、ぜったいに、もどってくるさ）

タロがジロにむかって、(な、そうだよな)と、合いづちをもとめました。

はげしいブリザードの中で、十五頭の犬たちは、人間たちの〃やくそく〃を信じて、それでも待ちました。

でも、十日がたっても、人間たちの影すら見えません。

「もういちど、菊池のおじさんにあいたい」

「もういちど、北村のおじさんの声がききたい」

「もういちど、隊長に頭をなでてもらいたい」

十五頭の犬たちは、力をふりしぼって、首輪をはずそうとしました。

けれど、そう簡単に、首輪ははずれそうにありません。

アウーン　ウォォーン　アウーン

かなしげな犬たちの声が、ブリザードにかき消されてゆきました。

二つの黒い点

「南極観測は、第二次越冬をあきらめ、十五頭のカラフト犬たちを南極にのこし、宗谷は日本に向かいました」

そんなニュースが流れると、文部省にある南極観測本部には、「犬を助けて！」と訴《うった》える電話や手紙が、全国各地《ぜんこくかくち》からおしよせました。

「隊員とおなじに働いた犬たちを、なぜ見ごろしにするんですか」

「小学生の娘《むすめ》が、かわいそうだといって、南極にむかって、毎日お祈りしています。はやくつれもどしてください。おねがいします」

電話のむこうで、涙ぐみながら、声をふるわせるお母さん。手紙は、日がたつにつれてふえ、二週間で五千通をこえました。こんな手紙がありました。

《かなしすぎるニュースに、もう、なさけなくて言葉がでなくなりました。

けがれのない犬たちを、さい果《は》ての氷と雪の地におきざりにするなんて、血のかよっている人間には、とうてい考えられないことです。愛情《あいじょう》は、なにものにも勝《まさ》るものです。人なきところに捨《す》てられて、飢《う》えと寒さで命をたつのかと想像《そうぞう》するだけで、胸がしめつけられ、たまらない気もちでいっぱいです。どうかどうか、かわいい犬たちを、故郷《こきょう》へつれてかえってやってください》
(神奈川県《かながわけん》、主婦《しゅふ》)

おおくの手紙が、こう訴えかけていましたが、なかにはこんなぶっそうなことが書かれたものもありました。
《おまえたちは、犬ごろしだ。犬たちを助けだせないなら、命はないものと思え》

南極にのこされた十五頭のカラフト犬たちをめぐって、日本じゅうの人びとが、胸をえぐられるようなかなしみをおぼえ、なんとか助けだしてほしいと、心からねがったのです。もちろん、犬たちをつれて帰れるものなら、どんなことをしても、つれていきたかったのは、第一次越冬隊の十一人でした。

しかし、天候が、時間が、それをゆるしてくれなかったのです。十一人の隊員の胸は、針《はり》をつきさされるように痛《いた》みました。

一九五八年（昭和三十三年）三月。

犬たちが、昭和基地におきざりにされてから、一か月ほどがたちました。

ブリザードがあれくるう日、犬たちは、雪の中にうもれて、それでも辛抱《しんぼう》強く待ちました。

「新しい越冬隊員の人たちがやってくるからな。それまで、がまんするんだぞ」

菊池隊員の言葉を信じて、犬たちは待ちました。いまか、いまかとむかえにくる人の足音がしないかと、耳をそばだてました。しかし、人間はやってきません。

（もうすぐ、エサをもってやってくるさ）

犬たちは、首を長くして待ちました。越冬隊員が、基地を去《さ》るときにおいていった一週間分の食料は、とっくになくなってしまいました。雪をなめるだけで、食べものはなにもありません。

十五頭の犬たちは、もう、腹《はら》ぺこもいいところです。生きるために、クサリをちぎろうともがきました。

そんなある日のこと。リーダー犬のリキが、クサリを引きちぎりました。

つづいてシロ、アンコ、デリー、ジャック、風連《ふうれん》のクマ、そしてタロとジロもクサリを切ったり、〝首輪ぬけ〟をしました。

けれど、ゴロ、ポチ、ペス、アカ、モク、紋別《もんべつ》のクマ、クロは、なかなかクサリをちぎることができません。この七頭は、クサリを引きちぎる力もなくなってしまったのでしょう。

（よーし、いま、ぼくたちが、ほどいてやるからな）

リキとタロ、ジロが、仲間のクサリにかじりつきましたが、どうにもちぎることはできませんでした。

（おれは……、もう、うごけない……）

ペスとアカが、雪にうもれたまま、息もたえだえです。

「だめだよ、おいペス、アカ！　人間たちが帰ってくるまで、ちゃんと留守番するってやくそくしたじゃないか!!」

タロが、しきりにほえたてました。

クサリからときはなたれて、自由になった八頭の犬たちは、それから雪と氷のなかを走りまわり、必死で食べものをさがさなければなりませんでした。もう、仲間のことも考えていられません。それは、生きるための闘いでした。

「おい、ジロ、きょうは、ペンギン狩《が》りをしよう！」

タロとジロは氷原を走りまわり、ペンギンの群れを見つけました。

ワンワン　ウーッ　ウワンワン！

タロが待ちかまえているところへ、弟のジロが、ペンギンを追《お》いだしてくるのです。そして、兄と弟は、ぴたりと息をあわせて、大切なごちそうにありつきました。

またある日は、タロとジロは、アザラシとであいました。

「うーん、強そうで、とてもつかまえられそうにないぞ」

それでもタロは、思いっきりほえたてました。するとアザラシは、わーっとばかりに、ウンチをたれました。アザラシは、おどろいたり、興奮《こうふん》すると、ウンチをするのです。

「ジロ、このウンチ、食べられるぞ」

そのウンチには、まだお腹で消化《しょうか》されていない、いろいろな魚もふくまれていました。

「うん、これなら栄養もあるし、おなかもいっぱいになるね」

タロとジロは、目をかがやかせて、アザラシに感謝しました。

昭和基地で観測された最低気温《さいていきおん》（第一次南極観測時）は、マイナス三十六度でした。

タロとジロは、雪にうずもれながら、くっつきあって眠りました。

カラフト犬は、寒さには強いので、ブリザードのときは、前足で穴《あな》をほって、その中で眠れば、心配はいりませんでした。

もういちど、隊員のおじさんたちにあいたい。

タロとジロは、兄弟で助けあって、数えられないほどのブリザードの日をのりこえて、たくましく生きぬいたのです。


こうして、さらに八か月あまりの月日がたちました。

日本では、南極にのこされた犬たちを救《すく》えと、その声は高まるばかりです。

こうした声に動かされ、南極が春になる時期を待って、ふたたび南極での観測をおこなうことが決まったのです。

一九五八年（昭和三十三年）十一月十二日。

第三次越冬隊の人たちをのせた砕氷船「宗谷」は、東京湾をあとにしました。

「ことしは、あたたかいようですね。氷が少ない感じですよ」

松本船長の声もはずんでいます。〝魔の暴風圏〟もどうにか越えて、アフリカのケープタウンから南に向かった「宗谷」は、つぎの年の一月はじめには、南極大陸をとりまく氷の海にたどりつきました。

「とにかく、昭和基地のようすをたしかめなくては、これからの計画がたてられない」

村山《むらやま》雅美《まさよし》越冬《えっとう》隊長《たいちょう》がいって、ヘリコプターで、基地のようすを見てみることになりました。

一月十四日。大型《おおがた》のヘリコプター、二機が「宗谷」から、昭和基地をめざ

南極まめ知識

「宗谷」は昭和54年から東京《とうきょう》の品川区《しながわく》にある「船の科学館《かがくかん》」前に置《お》かれ、いまでも一般《いっぱん》に公開《こうかい》されています。

して飛びたちました。

やがて、なつかしいオレンジ色の建てものが見えてきました。

「おおっ、昭和基地だぞ」

清野《せいの》隊員が、身を乗り出すようにしてさけびました。そのときです。基地を見つめていた大塚《おおつか》隊員の目が、すーっと、黒い点が二つ、動くのをとらえました。

「あっ、犬だ。犬が走ってる！」

大塚隊員が、かんだかい声をあげました。

「まさか……、犬たちが一年間も生きているはずがないよ」

「アザラシか、ペンギンじゃないか」

「きっと、そうだよ」

「でも……、犬かもしれないよ」

「いやあ、そんなこと、信じられないよ」

隊員たちが言いあっているうちに、ヘリコプターが、ゆっくり高度《こうど》をさげてゆきます。

「やっぱり、犬だ、犬だよ！」

ヘリコプターのまどに、顔をくっつけて大塚隊員が指《ゆび》さす先に、やっぱり、黒いものが動いています。

（まさか…）

だれもが信じられない気もちで、その二つの黒い点を見つめました。ヘリコプターが、爆音《ばくおん》をたてて地上につくと、村山越冬隊長をはじめ、五人の隊員は、外にとびだしました。

すると、その二つの黒い点は、いきなり走りだして、隊員たちに近づいてきました。

「おどろいたなぁ……、まさか、生きていたなんて……。いや、生きていたんだ」

村山越冬隊長が、興奮しながら二頭の犬を見つめました。五人の隊員たちは、しばらくは声もなく、その場に立ちつくしました。

「おい、おれだよ、ほら、おれだよ。よく、生きていてくれたなあ」

大塚隊員が、さらに近づこうとすると、二頭の犬たちは、ちょっとあとずさりをして身がまえました。大塚隊員は、第一次越冬隊では機械係《きかいがかり》として、電気や雪上車をうけもって働いていた人です。南極にのこしてきた十五頭の犬たちと、よろこびも、苦労もわけあった仲間です。

けれど、この一年のあいだに犬はさらに成長していて、どの犬なのか、大塚隊員は、すぐにはわかりませんでした。

「おまえは、ゴロか……!?　うーん、ジャックかな、それともモクか!?」

でも、子グマぐらいに大きくなった二頭の犬は、顔をあげようとしません。

「うーん、おまえは……、タロだな」

すると、一頭の犬が、こんどは嬉しそうにしっぽをふるではありませんか。

「それじゃ、おまえは、ジロかぁ!?」

大塚隊員が、もう一頭に声をかけると、その犬は、右の前足を、マネキネコのようにひょいとあげ、〝お手〟のしぐさをしました。

(たしかに、ジロはそんなくせがあった)

大塚隊員の胸に、一年前のジロの姿がうかびあがりました。それにジロの胸と前足には、白い毛がまじっていましたが、大きくなってもそれはそのままでした。

「もう、まちがいはない、ジロだ、ジロだ。そうか、おまえたちは、タロとジロの兄弟だ！　へぇーっ、生きていたのかぁ」

そうさけぶと、大塚隊員は、二頭の犬たちにかけよって、思いっきり抱きしめました。

(ごめんな、ごめんな、タロ、ジロ！　ほんとはな、おきざりにするつもりはなかったんだ。つらかっただろうなあ……。ゆるしてくれ、ごめんな)

お腹《なか》の底から、あついものがこみあげて、大塚隊員の瞳から、涙はあふれ

て止まらなくなりました。

(ぼくたちは、くるさ、きっとくるさ、そう信じて……、この日を待ってたんだ)

大塚隊員に体をすりよせながら、タロとジロは、しっぽをふりました。

うす日《び》をあびて昭和基地のある氷原は、美《うつく》しくかがやいていました。日本から一万四千キロもはなれた南極で、二頭のカラフト犬は、しっかりと生きていたのです。

一九五八年(昭和三十三年)一月十四日、日本では夜の八時四十五分、南極の時間では、午後二時四十五分のことでした。

助けあった兄弟

《タロとジロが、人っ子ひとりいない昭和基地で、一年間生きつづけていた！》

そのニュースは、つぎの日（一月十五日）、日本ばかりでなく、世界じゅうにつたえられ、大きな感動《かんどう》を呼びました。

この日は「成人《せいじん》の日」で休日でしたが、アメリカの新聞は《日本は〝成人の日〟ならぬ〝ドッグ・デー〟でわきかえっている》と、全世界につたえたほどです。

タロとジロが、元気いっぱいで生きていたのは、奇跡《きせき》ともいえるほどの嬉しい出来事でしたが、あとの十三頭の犬たちは、かなしい運命をたどったのです。

村山越冬隊長や大塚隊員らが、十五頭の犬がつながれていたところにきてみると、氷の下から、七頭の犬の亡骸《なきがら》（死体《したい》）が見つかりました。アカ（六才）、ペス（五才）、クロ（四才半）、モク（三才）、ポチ（三才半）、ゴロ（三才）、紋別のクマ（四才）の七頭でした。

しかし、リキ、デリー、風連のクマ、ジャック、そしてアンコ、シロの姿は、どこにも見あたりませんでした。おそらく、クサリをちぎったか、あるいは、首輪をはずした六頭の犬たちは、氷原をさまよい歩き、行方不明《ゆくえふめい》になってしまったのです。

では、タロとジロだけが、この六頭のように、行方不明にならなかったのは、どうしてなのでしょう。

南極観測隊に犬ゾリをつかうことになったとき、カラフト犬を集めるために協力をした北海道大学の犬飼哲夫教授《いぬかいてつおきょうじゅ》は、タロとジロが生きていたというニュースをきいて、こんなことをいっています。

「犬には、〝帰家《きか》〟といって、飼《か》い主《ぬし》のもとからずっとはなれた土地にいっても、もとの主人《しゅじん》のところにもどろうとする本能《ほんのう》があります。行方不明になった六頭の犬たちは、だいぶ大きくなってから、ソリ引きの訓練のために集められましたから、彼《かれ》らの帰るところは、生まれ故郷《こきょう》の北海道でした。それで、クサリをはずした彼らは、南極の氷原を、生まれ故郷をめざして、走りだしてしまったのではないでしょうか」

そして、疲れはてて、食べものにもこまりはて、氷原のどこかで深い眠りについたのかもしれません。

ところが、タロとジロは、生まれてまだ三か月ぐらいのときに、犬ゾリの訓練をするところにつれてこられました。

「それで無人《むじん》の昭和基地で走りまわっても、もどってくるところは、基地しかなかったと考えられます。つまり、タロとジロにとって、昭和基地が故郷でしたから、遥か遠くまでさまよい歩くことはなかったと思われます」

さらに、犬飼教授は、タロとジロが生きていたことがわかる四か月ほど前に、こんな予言《よげん》をしていたのです。

「南極におきざりにされた犬は、生きている可能性《かのうせい》があります。それも二頭が生きている確率《かくりつ》は、八十パーセント以上でしょう」

東京でひらかれた学術会議《がくじゅつかいぎ》で、犬飼教授はこう話しました。

「まさか……、あれほどきびしい環境《かんきょう》の南極で、犬が生きのこれるはずがないじゃないか」

その会議に集まった人たちは、だれもがとても信じられないと、ひややかな目で犬飼教授を見つめました。ところが、たしかに二頭、タロとジロは生きていたのです。

犬飼教授は、北の寒い地方で生きる鳥やけものの研究者《けんきゅうしゃ》です。とりわけカラフト犬については、日本でいちばんくわしい学者でした。その犬飼さんは、こう思ったのです。

「南極にのこされた犬たちの中でいちばん年上はリーダーのリキ（死体で見つかったとき、七才）で、あとは、五、六才がほとんどです。ところが、タロとジロは、いちばん若い、まだ二才でした。体力もあるし、いちばん生活《せいかつ》力《りょく》にあふれている年齢だから、タロとジロは生きのこっている可能性が高い……」

では、生きのびるために、タロとジロは、なにを食べていたのでしょうか。

「クサリを切って、自由に走りまわれるようになれば、カラフト犬は、ちょっとやそっとのことではまいりません。十五日間、なにも食べずに働いた、という記録《きろく》もあります。そのときのために、体の中に、栄養《えいよう》分をたくわえておけるのです。そして、野菜類《るい》を食べなくても、犬は体の中でビタミンC《シー》ができるようになっているのです」

犬飼教授は、さらにこんなふうに推測《すいそく》しています。

「第一次越冬隊員からきいたのですが、カラフト犬たちは、ペンギン狩りが得意《とくい》だったといいます。アザラシは大きくて、手ごわいからつかまえられないだろうが、ペンギンをつかまえて食べることは、じゅうぶんにできたはずです。それにカモメや魚なども、食べたであろうと考えられます」

タロとジロは、うれしく明るいニュースを、世界じゅうの人びとにとどけたあとも、南極大陸で、犬ゾリ隊の仲間にくわわって、元気で活やくしました。

しかし、ジロは、二年後の一九六〇年（昭和三十五年）七月九日、胃腸《いちょう》の病気のために、昭和基地で亡くなりました。ジロは、四才半、人間でいえば、三十五才くらいでした。ジロは亡くなりましたが、ジロとシロ子のあいだに生まれた八匹の子犬たちは、その後、日本に帰って平和にくらしたそうです。

タロは、四度も南極で越冬しました。そしてジロが亡くなったつぎの年（一九六一年）の四月、およそ五年ぶりに日本に帰り、北海道大学にひきとられました。

南極まめ知識

シロ子が産《う》んだ八匹の子犬は、オスが三匹、メスが五匹でした。オスはヨチ、マル、ボトと名付《なづ》けられ、メスはユキ、ミチ、チャコ、スミ、フジと名付けられました。このうち、オスのボトとメスのユキは第四次観測隊《だいよじかんそくたい》で再《ふたた》び南極へ向《む》かい越冬《えっとう》しました。

それから九年間、犬飼教授や、タロとジロを稚内市の魚市場で見つけた芳賀さんたちに、かわいがられました。

札幌市《さっぽろし》にある北海道《ほっかいどう》大学《だいがく》付属《ふぞく》植物園《しょくぶつえん》で、タロはくらしましたが、とてもおとなしい性格だったといいます。たくさんの子どもたちが、ひと目、タロを見たいと植物園をおとずれました。その子どもたちから、どんなに体をさわられても、タロはいやがりませんでした。けんかはよわく、おなじ植物園にいる仲間の犬に、しっぽをかまれたこともありました。

そんなタロは、季節《きせつ》の中で、夏がとても苦手《にがて》でした。大変な、あつがり屋だったのです。そこで、タロのためにと、全国からとどけられた寄付金《きふきん》で、大きな冷蔵庫《れいぞうこ》を買って、冷房部屋が作られました。でもタロは、「とじこめられるのは、かなわないよ」と、その部屋には、あまりはいりませんでした。

でも、冬になって雪がつもると、タロは途端に元気になりました。ソリを

南極まめ知識

2007年(平成19年)には、南極《なんきょく》地域《ちいき》観測《かんそく》50周年《しゅうねん》を記念《きねん》して、500円記念コインがつくられました。コインの表《おもて》にはタロ、ジロと「宗谷」が描《えが》かれ、裏《うら》には南極大陸とオーロラが描かれています。南極大陸の日本観測基地がある場所には、×印が記されています。

見ただけで、「はやく引かせろよ!」と、係のおじさんにせがんでとびはねました。やはり、タロの胸のなかは、南極の思い出でいっぱいだったのでしょう。

そのタロが亡くなったのは、あつい夏の日のことでした。

暑さのためにたおれてしまったタロは、一九七〇年(昭和四十五年)、七月二十九日、北海道大学の家畜病院《かちくびょういん》に入院《にゅういん》しました。しかし、日ごとに食べようとする力がなくなり、一日、一日とよわっていきました。そして入院してから十日がたった八月八日、タロの意識《いしき》は、もうろうとするようになりました。呼びかけても、目もあけられなくなりました。

獣医《じゅうい》さんたちが、いっしょうけんめいに手あてをしましたが、八月十一日、午前七時三十分、タロは眠るように息をひきとりました。そのタロのまわりには、全国の少年少女たちから送られてきた千羽鶴《せんばづる》が、かざられていました。

タロの年齢は、十五才。人間でいえば九十才くらいでした。カラフト犬としては、大変な長生きだったということです。

南極大陸でのタロ（右）とジロ（左）

おわりに　～東京《とうきょう》タワーの犬たち

日本の首都《しゅと》・東京の名所《めいしょ》といえば、皇居《こうきょ》、浅草《あさくさ》の観音《かんのん》さま、上野公園、隅田川《すみだがわ》など、いろいろあげられます。最近《さいきん》では、お台場《だいば》、新宿副都心《しんじゅくふくとしん》の高層《こうそう》ビルや六本木《ろっぽんぎ》ヒルズが、たくさんの人たちでにぎわっています。

そして、新たに加わったのが、高さ六三四メートルという世界一のタワー、東京スカイツリーです。しかし、いまもなお東京のシンボルとして、多くの人びとに愛されているのは東京タワーではないでしょうか。

一九五八年（昭和三十三年）に完成《かんせい》したこのタワーの大鉄脚《だいてっきゃく》、わかりやすくいうと、地上とつながる巨大《きょだい》な鉄《てつ》のはしらの一角に、十五頭の犬のブロンズ像《ぞう》があります。白い小石がしかれたその一角に、すっと立って、遠くを見つめている犬。すわって、だれかがくるのを待《ま》っているような犬。そして、前足に顔をつけて、寝そべっている犬など、さまざまなポーズをしています。東京タワーには、休日ともなれば、展望台《てんぼうだい》にのぼる人たちの長い列《れつ》ができます。けれど、すぐそこにある、この十五頭の犬のブロンズ像に目をとめる人は、それほどいません。

このブロンズ像のうしろには、黒い大理石《だいりせき》に、「南極観測《なんきょくかんそく》ではたらいたカラフト犬の記念像《きねんぞう》」と、文字がほられています。じつは、東京タワーがつくられたつぎの年（一九五九年）に、日本動物愛護協会《にほんどうぶつあいごきょうかい》が建てた記念像なのです。

それからおよそ六十年がたちましたが、この十五頭のカラフト犬たちは、けっしてわすれてはいけない、すばらしい犬《いぬ》たちだったのです。

犬たちは、ブリザードが吹きあれる氷の大地で、足のうらから血をしたたらせながら、ソリを引いて、いっしょうけんめいに働きました。

きびしい自然のなかで、人間と犬は、ひとつになって、心をかよわせたのです。そして、犬たちの助けがなければ、この南極観測の仕事は、なしえなかったといっていいでしょう。

ところが、この十五頭の犬たちは、人間のつごうで、南極におきざりにされました。そのとき、日本じゅうの人がおどろき、かなしみ、そして、いきどおりの気もちで胸をえぐられました。しかし、奇跡はおきたのです。タロとジロ、この兄弟の犬が、しっかりと生きぬいて、人間たちが迎えにきてくれるのを待っていたのです。

このニュースがラジオから流れたとき、わたしは、中学二年生でした。

《タロとジロが、生きていた！》

見たこともない犬なのに、ひとりでに胸があつくなって、なぜだか涙があふれたことを、いまもあざやかに思いだします。

太古《たいこ》の昔から、犬は人間の友だちとしてかわいがられ、この地球上で、ともに生きる仲間として、そのきずなをふかめてきました。その犬たちは、わたしたち人間に、いろいろなことを教え、考えさせてくれる、いちばん身近《みぢか》な動物です。しかも、犬たちは、わたしたちに、けっしてなにかを求《もと》めたりはしません。それは、けなげなまでに、人間を信じる気もちにあふれているといえるでしょう。


いま、ジロは、剥製《はくせい》になって、東京の上野にある国立科学博物館《こくりつかがくはくぶつかん》で、大きなガラスケースの中にかざられています。タロも、おなじように、剥製になって、こちらは北海道大学の博物館にかざられています。

長く黒い毛がふさふさしたタロとジロは、すっと立って、まるでいまにも動きだしそうです。

ただ、ちょっとざんねんなことは、おなじ両親《りょうしん》から生まれ、あの南極でいっしょに生きぬいた兄弟だったのに、タロとジロが、はなればなれになっていることです。

大きく、たくましいタロとジロは、それはやさしい目をしています。あの日、人間たちにおきざりにされても、タロとジロは、それをうらんだりすることもなく、わたしたちに、感動をとどけてくれました。


どんなに困難《こんなん》がおそっても、どんなに苦しい目にあおうとも、勇気《ゆうき》をもって生きぬくことの大切さ……、そして、人間も動物も、この地球という星に生まれて、心をかよいあわせることのできる、かけがえのない仲間だということを、タロとジロは、しずかにかたりかけているような気がします。

何十年という〝とき〟の流れをこえて、二頭のカラフト犬のたましいは、いまも生きつづけているのです。タロとジロのこの物語が、永遠に語りつがれることをねがってやみません。

この物語は、事実《じじつ》に基《もと》づいたドキュメンタル童話ですが、作者《さくしゃ》が再構成《さいこうせい》した部分《ぶぶん》もあります。なお、この物語を書くために、左記《さき》の書物を参考《さんこう》にし、いろいろと教えられました。記《き》して厚く感謝いたします。

西堀栄三郎・著『南極越冬記』（岩波新書）
菊池　徹・著『犬たちの南極』（中公文庫）
北村泰一・著『カラフト犬物語』（教育社）
犬飼哲夫・著『北方動物誌』（講談社）

大上和博・著『感動をくれた犬たち』（廣済堂文庫）
日本極地研究振興会・編『南極外史』（丸善）

また、国立極地研究所《こくりつきょくちけんきゅうじょ》の佐野雅史《さのまさし》さんに、取材《しゅざい》の段階《だんかい》でご協力《きょうりょく》をえました。深く感謝いたします。〈著者〉

【参考文献】

澤柿教伸　他・著『なぞの宝庫・南極大陸』（技術評論社）
洪在徹・文『南極のサバイバル』（朝日新聞出版社）

さく　綾野《あやの》 まさる《まさる》

本名・綾野勝治。1944年、富山県生まれ。67年、日本コロムビア入社。5年間のサラリーマン生活後、フリーのライターに。特にいのちの尊厳に焦点をあてたノンフィクション分野で執筆。94年、第2回盲導犬サーブ記念文学賞受賞。主な作品に「いのちのあさがお」「いのちの作文」「帰ってきたジロー」「ほんとうのハチ公物語」「INORI」（いずれもハート出版）、「900回のありがとう」（ポプラ社）、「君をわすれない」（小学館）ほか、多数。日本児童文学者協会会員。

イラスト　くまおり《くまおり》 純《じゅん》

1988年京都出身。2010年よりフリーのイラストレーターとして活動中。

写真提供　大学共同利用機関法人
情報・システム研究機構 国立極地研究所
稚内市青少年科学館

南極犬物語〈新装版〉

令和二年　十二月十五日　第一刷発行

この作品は2011年9月当社より刊行された
『ハンカチぶんこ南極犬物語』をリサイズ編集したものです。

著　者　綾野まさる
発行者　日髙裕明
発行所　ハート出版
〒一七一－〇〇一四　東京都豊島区池袋三－九－二三
〇三－三五九〇－六〇七七

ISBN978－4－8024－0109－8　C8093

印刷・製本／中央精版印刷　　編集担当／佐々木、日髙

大学共同利用機関法人　情報・システム研究機構　国立極地研究所

南極・北極科学館 ―― Polar Science Museum

190-8518　東京都立川市緑町 10-3　　http://www.nipr.ac.jp/science-museum

開館日時：毎週火曜日 ～ 土曜日　10:00 ～ 17:00（最終入館 16:30）
休館日：日曜日、祝日、月曜日、毎月第 3 火曜日（祝日等と重なった場合は他の週の火曜日）
12 月 28 日 ～ 1 月 4 日

アクセス

○　立川バス

立川北口 2 番乗り場「大山団地方面ゆき」→立川学術プラザ下車で徒歩 1 分

立川北口 1 番乗り場→立川市役所下車で徒歩 5 分

○　多摩モノレール

立川北駅→ 1 駅目・高松駅下車、徒歩 10 分

○　JR 立川駅北口から徒歩でおよそ 25 分